REI LEAR

Título original: *king Lear*
Copyright da atualização © Editora Lafonte Ltda. 2023

Todos os direitos reservados.
Nenhuma parte deste livro pode ser reproduzida por quaisquer meios existentes sem autorização por escrito dos editores e detentores dos direitos.

Direção Editorial *Ethel Santaella*

REALIZAÇÃO

GrandeUrsa Comunicação

Direção *Denise Gianoglio*
Tradução *Otavio Albano*
Revisão *Luciana Maria Sanches*
Projeto Gráfico e Diagramação *Idée Arte e Comunicação*
Ilustração de capa *Arte de Lorena Alejandra sobre gravura de H. C. Selous*

Dados Internacionais de Catalogação na Publicação (CIP)
(Câmara Brasileira do Livro, SP, Brasil)

Shakespeare, William, 1564-1616
  Rei Lear / William Shakespeare ; tradução Otavio Albano. -- 1. ed. -- São Paulo : Lafonte, 2023.

  Título original: King Lear
  ISBN 978-65-5870-322-8

  1. Ficção inglesa 2. Teatro inglês I. Título.

23-145494   CDD-822.33

Índices para catálogo sistemático:

1. Teatro : Literatura inglesa   822.33

Henrique Ribeiro Soares - Bibliotecário - CRB-8/9314

Editora Lafonte
Av. Profª Ida Kolb, 551, Casa Verde, CEP 02518-000, São Paulo-SP, Brasil – Tel.: [+55] 11 3855-2100
Atendimento ao leitor [+55] 11 3855-2216 / 11 3855-2213 – atendimento@editoralafonte.com.br
Venda de livros avulsos [+55] 11 3855-2216 – vendas@editoralafonte.com.br
Venda de livros no atacado [+55] 11 3855-2275 – atacado@escala.com.br

William Shakespeare

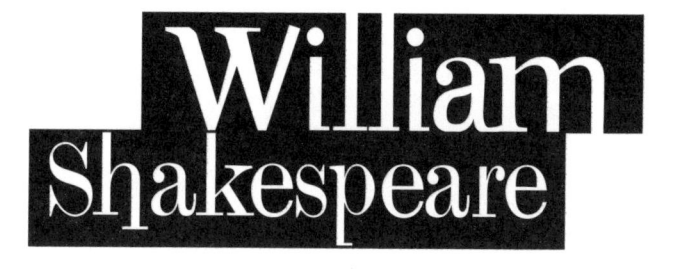

Rei Lear

Tradução Otavio Albano

Brasil, 2023

Lafonte

ÍNDICE

PERSONAGENS 6

ATO I
CENA I. 9
CENA II. 22
CENA III. 30
CENA IV. 32
CENA V. 48

ATO II
CENA I. 53
CENA II. 60
CENA III. 68
CENA IV. 69

ATO III
CENA I. 85
CENA II. 87
CENA III. 91
CENA IV. 93
CENA V. 101
CENA VI. 103
CENA VII. 109

ATO IV
CENA I. 117
CENA II. 121
CENA III. 126
CENA IV. 128
CENA V. 130
CENA VI. 132
CENA VII. 146

ATO V
CENA I. 153
CENA II. 157
CENA III. 158

PERSONAGENS

LEAR, REI DA BRETANHA

REI DA FRANÇA

DUQUE DE BORGONHA

DUQUE DA CORNUALHA

DUQUE DE ALBANY

CONDE DE KENT

CONDE DE GLOUCESTER

EDGAR, FILHO DO CONDE DE GLOUCESTER

EDMUND, FILHO BASTARDO DO CONDE DE GLOUCESTER

CURAN, UM CORTESÃO

VELHO, ARRENDATÁRIO DO CONDE DE GLOUCESTER

MÉDICO

BOBO DA CORTE

OSWALD, MORDOMO DE GONERIL

OFICIAL A SERVIÇO DE EDMUND

CAVALHEIRO A SERVIÇO DE CORDÉLIA

ARAUTO

CRIADOS DO DUQUE DA CORNUALHA

GONERIL, FILHA DE LEAR

REGAN, FILHA DE LEAR

CORDÉLIA, FILHA DE LEAR

CAVALEIROS A SERVIÇO DO REI, OFICIAIS, MENSAGEIROS,

SOLDADOS E CRIADOS

CENÁRIO
BRETANHA.

ATO I

CENA I.
Sala oficial do palácio do rei Lear.

[*Entram os condes de Kent e de Gloucester e Edmund.*]

Kent	Pensei que o rei tivesse mais afeição pelo duque de Albany do que pelo da Cornualha.
Gloucester	Era o que também nos parecia; mas agora, na divisão do reino, não ficou claro qual dos duques ele estima mais, pois há nela tanta igualdade que estamos curiosos para saber quanto caberá a cada um deles.
Kent	Não é esse seu filho, meu senhor?
Gloucester	Sua criação, meu senhor, esteve por minha conta: já enrubesci tanto por ter de reconhecê-lo que nem mudo mais de cor.
Kent	Não consigo conceber...
Gloucester	Mas a mãe do rapaz o fez, meu senhor, e não tardou em engordar. E já tinha um filho no berço antes mesmo de ter um marido na cama. Está sentindo algum cheiro de trapaça?
Kent	Não posso desejar anular a falcatrua, sendo tão respeitável o fruto.

GLOUCESTER	Mas, meu senhor, eu tenho um filho por volta de um ano mais velho do que este, gerado como manda a lei, e nem por isso mais querido. Embora este tratante tenha vindo ao mundo da maneira mais atrevida, antes mesmo de ser chamado, a mãe era uma beldade e foi divertido fazê-lo, e o bastardo deve ser reconhecido. Você conhece esse nobre cavalheiro, Edmund?
EDMUND	Não, meu senhor.
GLOUCESTER	Trata-se do lorde de Kent. A partir deste instante, deverá se lembrar dele como meu honorável amigo.
EDMUND	Meus serviços estão ao dispor de vossa senhoria.
KENT	Devo ser seu amigo, e desejo conhecê-lo melhor.
EDMUND	Meu senhor, farei de tudo para merecê-lo.
GLOUCESTER	Ele esteve fora por nove anos e logo partirá novamente... O rei está chegando.

[*Som de trombetas. Entram Lear, os duques da Cornualha e de Albany, Goneril, Regan, Cordélia e criados.*]

LEAR	Ajude os lordes da França e da Borgonha, Gloucester.
GLOUCESTER	Assim o farei, meu soberano.

[*Saem o conde de Gloucester e Edmund.*]

LEAR	Enquanto isso, vamos exprimir nosso mais sombrio propósito... Tragam-me aquele mapa.

Fiquem sabendo que dividimos em três o nosso reino, e que é nossa mais firme intenção aliviar quaisquer preocupações e encargos de nossa idade, conferindo-os às forças mais juvenis, enquanto nos rastejamos rumo à morte. Nosso filho da Cornualha, e você, não menos amado filho de Albany, agora desejamos anunciar os dotes de nossas filhas, para que se previna todo tipo de disputa futura. Os príncipes da França e da Borgonha, grandes rivais no amor de nossa filha mais nova, há muito convivem com esse sentimento, e agora terão sua resposta... Digam-me, minhas filhas...
Agora nos despiremos de nosso poder, do interesse por terras, dos encargos do Estado... Quais de vocês podemos dizer que nos ama mais? Para que possamos estender nossa generosidade até onde a natureza cobrir de méritos os obstáculos... Goneril, nossa filha mais velha, fale primeiro.

GONERIL   Meu senhor, amo-o mais do que as palavras podem expressar; com mais ardor do que minha própria visão, o espaço e a liberdade; além de qualquer valia, seja opulenta ou rara; não menos do que a vida, com sua graça, saúde, beleza e honra; um amor que jamais filho ou pai encontraram; amor que tira o fôlego e impede o falar; muito além de quaisquer costumes é o quanto o amo.

CORDÉLIA   [*À parte.*] O que deve Cordélia dizer? Ame, e fique quieta.

LEAR	De todas estas fronteiras, mesmo deste limite àquele, com florestas sombrias e ricos campos, com rios abundantes e vastas pradarias, torno-a senhora: que tudo pertença, eternamente, à sua prole com o duque de Albany... E o que diz nossa segunda filha, nossa querida Regan, esposa do duque da Cornualha? Diga.
REGAN	Meu senhor, sou feita do mesmo metal que minha irmã, confira-me o mesmo valor. Em meu coração, acredito que ela nomeou exatamente o mesmo amor que tenho eu, mas muito sucintamente... pois confesso ser inimiga de todos os outros prazeres que meus mais valorosos sentidos possam professar, e creio ter apenas a felicidade do amor por vossa majestade.
CORDÉLIA	[À parte.] E agora, pobre Cordélia? Pobre na verdade não sou, pois estou certa de que meu amor é mais rico do que minha fala.
LEAR	Que a terça parte desse nosso belo reino, tão ampla, pertença sempre a você e a seus descendentes, um terço igual em espaço, valor e prazeres ao que conferi a Goneril... Agora, nosso júbilo, a última, mas não menos importante; àquela cujo amor é fortemente disputado pelas vinhas da França e pelo leite da Borgonha, o que tem a dizer para obter uma parte mais opulenta do que suas irmãs? Diga!
CORDÉLIA	Nada, meu senhor.
LEAR	Nada?
CORDÉLIA	Nada.

LEAR	Nada há de gerar nada. Diga-me outra vez.
CORDÉLIA	Tão infeliz estou que não consigo trazer meu coração aos lábios. Amo vossa majestade segundo meus laços — nem mais, nem menos.
LEAR	Ora, ora, Cordélia. Corrija suas palavras um pouco, para não dar cabo de sua fortuna.
CORDÉLIA	Ó, meu senhor, que tão bem me gerou, criou e amou. Retorno tais deveres como convém, obedecendo, amando e o honrando. Por que minhas irmãs têm marido se dizem amá-lo tanto? Se por acaso eu me casar, o lorde que obtiver minha mão deverá carregar consigo metade de seu amor, de meu zelo e dever: certamente nunca me casarei como minhas irmãs, para amar apenas a meu pai.
LEAR	Seu coração está em suas palavras?
CORDÉLIA	Sim, meu bom senhor.
LEAR	Tão jovem e tão fria.
CORDÉLIA	Tão jovem, meu senhor, e sincera.
LEAR	Que assim seja... Tenha sua verdade como dote, pois, pelo brilho sagrado do Sol, pelos mistérios de Hécate e da noite, por toda operação das órbitas celestes, de onde viemos e para onde vamos, renuncio agora a todos os meus cuidados paternais, a toda proximidade e propriedades sanguíneas e a declaro estranha ao meu coração e a todo o meu ser, deste momento em diante, por toda a eternidade. Um bárbaro Cita, que ingere a própria prole para saciar o apetite, terá

em meu peito tanta acolhida, piedade e repouso quanto você, minha antiga filha.

KENT   Mas, meu soberano...

LEAR   Cale-se, Kent! Não se interponha entre o dragão e sua fúria! Amava-a mais do que as outras, e pensava que poderia repousar sob seus gentis cuidados... Por isso, saia daqui!

[*A Cordélia.*]

Que minha tumba seja minha paz, pois dela agora retiro meu coração de pai...

Chamem o rei da França, rápido. Chamem o duque da Borgonha! Duques da Cornualha e de Albany, aos dotes das minhas duas filhas juntem esse terceiro. Que o orgulho, que ela chama de modéstia, seja seu esposo. Vou investi-los ambos de meu poder, com a primazia e todos os efeitos que advêm da majestade. Quanto a nós, a cada mês, com uma comitiva de cem cavaleiros — que serão por vocês sustentados — vamos residir em turnos com cada um dos dois. Apenas havemos de reter o nome e as honrarias de um rei; a influência, a renda, a execução do que restar e os filhos amados, tudo será de vocês; e, para confirmá-lo, que esta coroa seja por vocês partilhada.

[*Entrega-lhes a coroa.*]

KENT   Ó, real Lear, a quem sempre honrei como meu soberano, amando-o como um pai, seguindo-o

	como um mestre, como meu sumo protetor sempre lembrado em minhas preces...
Lear	O arco está curvado e já mira, cuidado com a flecha!
Kent	Deixe-a disparar, ainda que sua ponta invada meu coração: que Kent seja considerado rude se por acaso Lear ficar louco. O que pretende fazer, meu velho homem? Acredita então que o dever teme falar quando o poder se curva aos elogios? A mais franca honra é devida quando o rei cai nas garras da loucura. Guarde seu patrimônio e, usando-se da razão, subjugue essa odiosa imprudência: que eu pague com a vida por meu julgamento, mas sua filha mais jovem não o ama menos; nem seu coração está vazio por falar baixo e não reverberar a falsidade.
Lear	Pela própria vida, Kent, cale-se.
Kent	Sempre considerei minha vida como motivo de penhor a arriscar contra seus inimigos, e nunca temi perdê-la tendo sua segurança como motivo.
Lear	Suma da minha vista!
Kent	Veja bem, Lear, e me permita ainda ser o alvo mais franco de seus olhos.
Lear	Ah, por Apolo!
Kent	Sim, por Apolo. Meu rei, está jurando por seus deuses em vão.
Lear	Ah, vassalo incrédulo!

[*Leva a mão à espada.*]

Albany e Cordélia	Meu caro senhor, contenha-se!
Kent	Isso! Mate seu médico e pague os honorários de sua fétida doença. Revogue seus préstimos ou, enquanto puder clamar com meus lábios, direi que está agindo mal.
Lear	Escute-me, traidor! Lembre-se de suas juras e ouça-me!... Já que você quer que nós rompamos nossos votos — o que jamais fizemos — e, com seu orgulho inflamado, vem se interpor entre nossa sentença e nosso poder, afrontando nossa natureza e nossa posição, venha tomar sua recompensa, que nossa autoridade há de lhe oferecer. Reservamos-lhe cinco dias para fazer provisões que lhe abrigarão das moléstias do mundo e, no sexto dia, deverá virar seu odioso dorso para nosso reino. Se, no décimo dia, seu banido tronco for visto em nossos domínios, esse será o momento de sua morte. Fora! Por Júpiter, nada disso será revogado!
Kent	Passar bem, meu senhor, se continua a seguir nesse erro. A liberdade vive alhures se aqui só há desterro.

[*A Cordélia.*]

Que os deuses a abriguem sob seu teto, minha donzela, pois pensou de maneira justa e falou corretamente.

[*A Regan e Goneril.*]

E que suas ações reflitam seus amplos discursos, e nasçam bons frutos de suas palavras amorosas... E assim, ó, príncipes, Kent dá a todos o seu adeus. Ele seguirá seu velho curso em um novo país.

[*Sai. Som de fanfarra. Entram novamente o conde de Gloucester com o rei da França, o duque da Borgonha e suas comitivas.*]

CORNUALHA — Aqui estão o rei da França e o duque da Borgonha, meu nobre senhor.

LEAR — Meu senhor da Borgonha, dirigimo-nos primeiramente ao senhor, que rivalizou com tal rei por nossa filha: o que espera minimamente como dote, para cessar sua busca amorosa?

BORGONHA — Nobilíssima majestade, não peço mais do que vossa alteza me indicou... A não ser que esteja a ponto de oferecer menos.

LEAR — Nobre e correto duque da Borgonha, esse era seu valor quando ela por nós era amada, mas agora o preço decaiu. Meu senhor, ei-la aqui: se algo dessa decepcionante substância — ou mesmo sua totalidade, que só nos traz dissabores e nada mais — for de seu agrado, aí está ela, e é toda sua.

BORGONHA — Não sei o que responder.

LEAR — Com todas as enfermidades que ela carrega, deserdada e hostilizada, adotada por nosso ódio e com nossa praga por dote, será que o senhor há de levá-la ou deixá-la?

BORGONHA Perdoe-me, real senhor, não há como escolher sob tais condições.

LEAR Deixe-a então, meu senhor. Pois, pelo poder que me criou, já lhe expus toda a sua riqueza.

[*Ao rei da França.*]

Como, grande rei, não quero me afastar de sua estima, unindo-o ao que odeio, peço-lhe então que desvie sua estima para caminhos mais dignos do que uma desgraçada cuja própria natureza se envergonha de considerá-la sua.

FRANÇA É muito estranho que ela, que até bem pouco tempo atrás era seu melhor objeto, razão de seus elogios e bálsamo de sua velhice, a soberana e a mais querida, tenha, em um átimo, cometido algo tão monstruoso a ponto de dissolver todos os seus favores. Certamente seu crime é tão contrário à natureza que acaba por violentá-la, ou a afeição que o senhor afiançava se maculou; e, para que eu possa crer em algo assim de sua parte, será necessário um milagre,
e não apenas a razão.

CORDÉLIA Ainda assim — já que me falta a arte loquaz e aduladora de falar sem um propósito, pois se tenho a intenção, ajo antes de fazê-lo — suplico à vossa majestade que deixe claro que não foi nenhuma mácula viciosa, assassínio ou imundície, nenhuma ação lasciva ou um passo

	desonroso que me privaram de sua graça e favores; e sim algo que ainda me falta e que me faz ainda mais rica: um olhar persuasivo e um falar distinto — cuja ausência me alegra, mesmo que não tê-los me tenha feito perder sua estima.
LEAR	Seria melhor que não tivesse nascido do que ter deixado de me agradar.
FRANÇA	Trata-se de tão somente isso? Uma natureza reticente que, com frequência, deixa de dizer o que pretende fazer? Meu senhor da Borgonha, o que vai dizer à dama? O amor não é amor quando se mistura ao que não se encontra em sua essência. Vai desposá-la? Ela em si própria já é dote o suficiente.
BORGONHA	Majestoso rei, dê-me apenas uma parte do que prometera, e eu tornarei Cordélia duquesa da Borgonha.
LEAR	Nada. Já jurei, e permaneço firme em minha decisão.
BORGONHA	Lamento então que, ao perder o pai, terá de perder um marido.
CORDÉLIA	Que Borgonha fique em paz. Se seu amor trata apenas de fortunas, não serei sua esposa.
FRANÇA	Belíssima Cordélia, que é riquíssima sendo pobre, tão valorosa e esquecida, amada e desprezada! Aqui, hei de me apoderar de você e suas virtudes, que a lei permita que eu recolha o que foi descartado. Deuses, ó, deuses! Como é estranho que de seu mais gélido desprezo meu

amor se abrasasse em um respeito febril... Sua filha sem dote, ó, rei, lançada à minha sorte, é nossa rainha, rainha dos nossos, de nossa bela França. Nenhum dos duques da inócua Borgonha pode tirar de mim essa preciosa donzela... Cordélia, despeça-se deles, mesmo que não lhe tenham sido gentis: se perdeu algo aqui, muito melhor há de ganhar.

LEAR Rei da França, já a tem. Que seja sua, pois essa filha não é nossa, e nunca mais veremos seu rosto novamente... Portanto, podem partir sem nossa graça, nosso amor e nossas bênçãos... Venha, nobre duque da Borgonha.

[*Som de fanfarra. Saem Lear, os duques da Borgonha, Cornualha e Albany, o conde de Gloucester, Edmund e suas comitivas.*]

FRANÇA Despeça-se de suas irmãs.

CORDÉLIA Joias de nosso pai, é com os olhos em lágrimas que Cordélia as deixa: eu sei quem são e, como uma irmã, odeio ter de chamar suas faltas pelo nome que lhes cabe. Amem nosso pai: devo confiá-lo ao coração confesso de vocês, ainda que, se ainda estivesse sob suas graças, preferisse lhe reservar uma melhor posição. Assim sendo, adeus a ambas.

REGAN Não nos ensine nossos deveres.

GONERIL Trate de agradar seu senhor, que lhe recebeu como esmola da fortuna. Faltou-lhe obediência, e é merecida a penúria que recaiu sobre você.

CORDÉLIA	O tempo há de mostrar o que esconde a astúcia: quem cobre suas faltas por fim há de se revelar. Que tenham uma vida próspera!
FRANÇA	Venha, minha bela Cordélia.

[*Saem o rei da França e Cordélia.*]

GONERIL	Irmã, não é pouco o que tenho a dizer acerca de algo que nos interessa a ambas. Acredito que nosso pai deve partir hoje à noite.
REGAN	Isso é certo, e ele vai acompanhá-la. No próximo mês, ele fica conosco.
GONERIL	Você já viu quantas mudanças traz a idade dele: o que vimos hoje não foi pouco. Ele sempre amou muito mais nossa irmã e a descartou com tão pérfido julgamento. Isso me pareceu um desatino sem igual.
REGAN	Trata-se da debilidade da idade, mesmo que ele nunca tenha se dado realmente a conhecer.
GONERIL	O melhor e mais são que havia nele sempre foram os rompantes. Por isso, em sua velhice, não devemos esperar nada além das imperfeições de uma condição há muito inoculada, e também a teimosia incontrolável que os anos de enfermidade e cólera trazem consigo.
REGAN	Havemos de presenciar a mesma rispidez inconstante que ocasionou a expulsão de Kent.
GONERIL	Ainda há de ocorrer outras despedidas entre o rei da França e ele. Quero lhe pedir algo: vamos

agir juntas. Se nosso pai usar de sua autoridade com a mesma disposição que vem mostrando, essa última submissão de seu poder pode nos causar mal.

REGAN   Vamos pensar mais a fundo a respeito.

GONERIL   Devemos agir agora, no calor do momento.

[*Saem.*]

CENA II.
SAGUÃO DO CASTELO DO CONDE DE GLOUCESTER.

[*Entra Edmund com uma carta.*]

EDMUND   Natureza, você é minha deusa; à sua lei estão atrelados meus serviços. Se assim é, por que tenho de arcar com as pragas do hábito, permitindo que a curiosidade das nações me prive do que quero, apenas por ser doze ou catorze luas mais novo do que meu irmão? Por que sou um bastardo? Por que desonroso? Se minhas proporções são tão compactas, minha mente tão generosa e minha forma tão real quanto o fruto de uma casta donzela? Por que nos tacham de desonrosos? De bastardos? Será que aquele que nasce do furtivo desejo da natureza não tem mais consistência e qualidades mais ferrenhas do que aquele que vem de uma cama enfadonha, embotada e insípida, que gera toda uma tribo de janotas que vivem entre o sono e a vigília?... Pois bem, legítimo Edgar, vou ficar com suas terras. Nosso pai ama o bastardo Edmund tanto quanto o legítimo. Que bela palavra: legítimo! Muito bem, meu legítimo, se essa carta se apressar e meu plano prosperar, Edmund, o desonrado, vai desbancar o legítimo. Vou crescer, progredir... Agora, deuses, preparem-se para os bastardos!

[*Entra o conde de Gloucester.*]

GLOUCESTER Kent foi banido? O rei da França parte em cólera? E o rei sairá esta noite? Privado de seu poder! Confinado a uma pensão? E tudo isso feito no picar de uma agulha!... Edmund, e agora? Quais são as novas?

EDMUND Meu senhor, não há nenhuma notícia.

[*Põe a carta no bolso.*]

GLOUCESTER Por que tanta pressa em esconder essa carta?

EDMUND Não tenho notícia nenhuma, senhor.

GLOUCESTER Que papel era esse que estava lendo?

EDMUND Nada, meu senhor.

GLOUCESTER Não? Então por que foi preciso metê-lo tão rápido no bolso? A qualidade do nada não precisa se esconder. Deixe-me ver. Vamos, se não é nada, nem vou precisar de óculos.

EDMUND | Peço que me perdoe, meu senhor. É uma carta do meu irmão que ainda não li inteira, mas até onde vi, não acredito que seja apropriada aos seus olhos.

GLOUCESTER | Dê-me a carta, meu senhor.

EDMUND | Vou ofendê-lo de qualquer modo, ficando com ela ou entregando-a. Seu conteúdo, pelo tanto que pude ler, é condenável.

GLOUCESTER | Deixe-me ver, deixe-me ver!

EDMUND | Espero, como justificativa para meu irmão, que ele a tenha escrito como um mero ensaio, ou simplesmente para testar minhas virtudes.

GLOUCESTER | [*Lendo.*] "Essa política de reverência à idade faz do mundo um lugar amargo aos mais jovens de nossa época, afastando-nos de nossas posses até que nossa velhice não nos permita desfrutá-las. Começo a entrever uma sujeição tola e vazia na opressão da tirania da idade, que influencia, não pelo poder que tem, e sim pela tolerância que lhe prestam. Venha me encontrar, para que eu possa lhe falar mais a respeito. Se nosso pai dormisse até que eu o acordasse, você gozaria de metade de sua renda para sempre, e viveria amado por seu irmão." Edgar! Hmm! Conspiração? "Dormisse até que eu o acordasse, você gozaria de metade de sua renda..." Meu filho Edgar! Teve ele mão para escrever essas coisas? Cérebro e coração para concebê-las? Quando foi que recebeu isto? Quem a trouxe?

EDMUND   Não a trouxeram, meu senhor, e esse é o ardil de tudo isso. Achei-a jogada na janela de meu quarto.

GLOUCESTER   Acredita ser esta a letra do seu irmão?

EDMUND   Se seu conteúdo fosse bom, meu senhor, eu me atreveria a jurar que sim; porém, com o que aí está escrito, eu me alegraria em pensar o contrário.

GLOUCESTER   Então é dele.

EDMUND   É o punho dele, meu senhor, mas espero que seu coração não esteja em seu argumento.

GLOUCESTER   Ele nunca lhe falou algo a respeito?

EDMUND   Nunca, meu senhor. Mas o ouvi repetidas vezes defender que, com os filhos em perfeita idade e os pais declinando, o pai deveria ficar sob a tutela do filho, e este deveria cuidar de suas rendas.

GLOUCESTER   Ah, bandido, bandido! É a mesma opinião da carta! Abominável bandido! Desnaturado, detestável, vilão bestial! Muito pior do que bestial! Vá procurá-lo, meu jovem. Vou encarcerá-lo. Bandido abominável! Onde está ele?

EDMUND   Não sei muito bem, meu senhor. Por favor, se quiser suspender sua indignação contra meu irmão até que eu consiga obter dele um melhor testemunho de suas intenções, estaria trilhando um caminho mais seguro; ao passo que, se o senhor agir violentamente contra ele, enganado quanto a seu propósito, isso abriria uma grande brecha em sua honra, e estilhaçaria a essência da obediência dele. Ouso apostar minha vida por ele, e acredito que ele tenha escrito tudo isso para testar minha afeição pelo senhor, sem qualquer outra pretensão hostil.

GLOUCESTER   Acredita mesmo nisso?

EDMUND   Se o senhor achar por bem, eu o levarei a um lugar onde poderá nos ouvir falando sobre o assunto e, com a segurança de sua audição, terá suas dúvidas satisfeitas sem demora, ainda esta noite.

GLOUCESTER   Ele não poderia ser um monstro desses...

EDMUND   Certamente que não.

GLOUCESTER   Muito menos com seu pai, que o ama tanto, com tanta ternura... Ó, céus e terra! Edmund, vá procurá-lo. Investigue-o por mim, por favor, usando a própria sabedoria. Renegaria a minhas propriedades para ter certeza de suas intenções.

EDMUND   Vou procurá-lo agora mesmo, meu senhor; tratarei de tudo da maneira que me aprouver e, em seguida, tratarei de informá-lo.

GLOUCESTER   Esses últimos eclipses do Sol e da Lua não são bom presságio para nós. Mesmo que a sabedoria da natureza possa explicá-los de um modo ou de outro, ela mesma é flagelada por seus efeitos subsequentes: o amor esfria, a amizade desmorona, irmãos se dividem; nas cidades, motins; nos países, discórdia; nos palácios, traição; além dos laços que se rompem entre filho e pai. Esse bandido, que é meu, confirma as previsões: há um filho contra o pai. O rei se afasta do que lhe é natural: há um pai contra a filha. Nesta época, já se viu de tudo: maquinações, falsidades, traições e agitações destruidoras nos perseguem, inquietando-nos até o túmulo... Encontre esse bandido, Edmund. Não há de perder nada ao fazê-lo. E tome cuidado... E o nobre e fiel Kent, banido! Seu crime, a honestidade! É estranho!

[*Sai.*]

EDMUND   Eis a suprema vaidade do mundo que — sempre que nos enfadamos com nossa fortuna, não raro pelos excessos de nosso próprio comportamento — nos faz culpar pelos nossos desastres o Sol, a Lua e as estrelas, como se fôssemos bandidos por necessidade; tolos por uma compulsão dos céus; patifes, ladrões e traidores por predominância astral; bêbados, mentirosos e adúlteros por uma obrigatória obediência às influências planetárias; como se nossa maldade fosse algum tipo de imposição divina: que admirável evasão a um rufião, atribuir às estrelas seu comportamento devasso! Meu pai se misturou à minha mãe sob a Cauda do Dragão e meu nascimento estava sob efeito da Ursa Maior, fazendo com que eu seja rude e lascivo... Ora, ora! Eu seria o que sou mesmo que a estrela mais casta estivesse piscando quando me tornei um bastardo.

[*Entra Edgar.*]

Bem na hora chega ele, como a catástrofe das antigas comédias. Minha fala representa a melancolia traiçoeira, suspirando como um louco... Ah, sim, esses eclipses bem que previram tais divisões! Fá, sol, lá, mi.

EDGAR	O que há com você, meu irmão? No que está pensado, assim tão sério?
EDMUND	Estou pensando, meu irmão, em uma previsão que li outro dia, sobre o que ocorreria em seguida aos últimos eclipses.
EDGAR	Você se preocupa com esse tipo de coisa?
EDMUND	Garanto-lhe que, infelizmente, as previsões estão se realizando, tais como a discórdia entre filhos e pais, mortes, fome, dissoluções de antigas amizades, divisões no Estado, ameaças e maldições contra reis e nobres, desconfianças infundadas, expulsão de amigos, dispersão de soldados, rupturas nupciais, e sei lá mais o quê!
EDGAR	Há quanto tempo você se tornou um discípulo da astrologia?
EDMUND	Ora, ora... Quando foi que você viu meu pai pela última vez?
EDGAR	Ontem à noite.
EDMUND	E você falou com ele?

Edgar	Sim, por duas horas seguidas.
Edmund	E se despediram em bons termos? Não chegou a notar nenhum desagrado em suas palavras, no semblante?
Edgar	Absolutamente nenhum.
Edmund	Pense bem em como pode tê-lo ofendido e, atendendo a meu pedido, evite sua presença até que o tempo esfrie um pouco o fervor de seu desgosto, que, por enquanto, está tão ardente que não diminuiria nem mesmo o punindo.
Edgar	Algum canalha me difamou.
Edmund	Esse é o meu medo. Rogo-lhe que se mantenha paciente e calmo até que a fugacidade de sua raiva se abrande; venha comigo aos meus aposentos e, lá mesmo, no momento oportuno, farei com que ouça nosso pai falar. Eu lhe imploro, vá! Eis aqui minha chave. E, caso decida sair, vá armado.
Edgar	Armado, meu irmão?
Edmund	Irmão, estou pensando no seu bem. Eu seria desonesto se lhe dissesse que há qualquer boa intenção a seu respeito por aí. Estou lhe dizendo o que vi e ouvi, e nem conto tudo, pois nada se compara à imagem e ao horror do que se prepara. Por favor, vá embora!
Edgar	Você me manda notícias assim que possível?
Edmund	Estou a seu serviço em todo esse negócio.

[*Sai Edgar.*]

Um pai crédulo e um irmão nobre, cuja natureza está tão longe de cometer o mal que não suspeita de nada, e em cuja tola honestidade minhas artimanhas se esbaldam! Já vejo o futuro. Se as terras não serão minhas por berço, acabarão em minhas mãos por astúcia. Tudo que eu quiser meu será.

[*Sai.*]

CENA III.
Uma sala do palácio do duque de Albany.

[*Entram Goneril e Oswald.*]

Goneril — Meu pai espancou meu cavalheiro por repreender seu bobo?

Oswald — Sim, minha senhora.

Goneril — Ele me ofende dia e noite e, a cada hora, irrompe em injúrias que nos fazem entrar em discórdia. Não vou mais aguentar tudo isso. Seus cavaleiros começam a se revoltar, e ele esbraveja conosco por qualquer coisa... Quando ele retornar da caça, não vou mais falar com ele. Diga-lhe que estou doente... Se você começar a mostrar desleixo nos serviços usuais, fará muito bem. Responderei por suas falhas.

Oswald — Ele está chegando, minha senhora. Já o escuto.

[*Som de trombetas nos bastidores.*]

Goneril Que você e seus colegas deem o sinal de descaso que quiserem. Quero que ele venha me confrontar. Se nada estiver de seu agrado, que ele vá para a minha irmã, já que tanto ela como eu estamos de pleno acordo: não vamos nos sujeitar. Velho desocupado, vem agora querer usar do poder a que renunciou. Juro por minha vida que todo velho tolo volta a ser um bebê, e como tal deve ser tratado, com corretivos no lugar de elogios quando se mostram abusados. Lembre-se do que eu disse.

Oswald Muito bem, minha senhora.

Goneril E lancem olhares frios aos cavaleiros dele. Não importa o efeito que lhes cause. Avise seus colegas. Vou me aproveitar dessas situações para falar o que quiser... Vou agora mesmo escrever à minha irmã para que aja como estou fazendo... Preparem o jantar.

[*Saem.*]

CENA IV.
Saguão do palácio do duque de Albany.

[*Entra o conde de Kent, disfarçado.*]

KENT Se eu tomar emprestado outro sotaque que disfarce minha voz, talvez minhas boas intenções encontrem o desfecho da questão pela qual mascarei minha aparência... Agora, banido Kent, se você puder servir onde foi condenado, que o seu senhor — que você tanto estima — o encontre sempre disposto.

[*Som de trombetas nos bastidores. Entram alguns cavaleiros, o rei Lear e sua comitiva.*]

LEAR Não me façam esperar nem mais um segundo pelo jantar. Vão buscá-lo!

[*Sai um dos cavaleiros.*]
[*A Kent.*]

E essa agora! Quem é você?

KENT Um homem, meu senhor.

LEAR Qual é a sua profissão? O que quer conosco?

KENT Não professo ser nada além do que pareço, e sirvo com lealdade a quem confia em mim, amo os honestos, associo-me aos sábios e falo

	pouco, temo julgamentos e luto quando não há escolha... E não como peixe.
LEAR	E quem é você?
KENT	Um homem de bom coração, meu senhor, tão pobre quanto o rei.
LEAR	Se, como súdito, é tão pobre quanto o rei, então é realmente pobre. O que quer?
KENT	Serviço.
LEAR	E a quem você quer servir?
KENT	Ao senhor.
LEAR	Sabe quem sou eu, camarada?
KENT	Não, senhor. Mas há algo em sua atitude que me faria de bom grado chamá-lo de amo.
LEAR	E esse "algo", do que se trata?
KENT	De autoridade.
LEAR	Que serviços pode prestar?
KENT	Posso dar conselhos honestos, montar, correr, arruinar uma bela história ao contá-la e entregar mensagens da forma mais direta possível. Sou capaz de fazer tudo o que um homem comum faz, e minha melhor qualidade é a dedicação.
LEAR	Qual a sua idade?
KENT	Meu senhor, não sou jovem a ponto de me apaixonar por uma mulher por seu canto, nem tão velho para me afeiçoar por qualquer coisa. Carrego quarenta e oito anos nas costas.

LEAR	Siga-me, você há de me servir para alguma coisa. Se continuar a gostar o mesmo tanto de você depois do jantar, ainda vou mantê-lo comigo... Jantar, ah, o jantar! Onde está aquele canalha, o meu bobo? Vá você chamar o meu bobo.

[*Sai outro cavaleiro. Entra Oswald.*]

E você, você aí, meu jovem, onde está
minha filha?

OSWALD Por favor...

[*Sai.*]

LEAR O que foi que disse esse sujeito?
Chamem o idiota de volta.

[*Sai um cavaleiro.*]

Ei, onde está o meu bobo?...
Será que o mundo todo está dormindo?

[*Entra novamente o mesmo cavaleiro.*]

E então, onde está aquele vira-lata?

CAVALEIRO Ele mandou dizer, meu senhor, que sua filha não está passando bem.

LEAR Por que esse criado não voltou
quando eu o chamei?

CAVALEIRO Meu senhor, ele me disse com todas as
letras que não voltaria.

Lear	Que não voltaria?
Cavaleiro	Meu senhor, não sei qual é o problema, mas, pelo que entendi, vossa majestade não está sendo tratado com toda a cerimoniosa afeição que lhe é devida. Parece que toda a gentileza vem sendo fortemente abalada, tanto por parte dos dependentes como do próprio duque e sua filha.
Lear	Ah, é isso que você pensa?
Cavaleiro	Imploro que me perdoe, meu senhor, caso eu esteja enganado, pois meu dever é não me calar ao ver que tratam mal vossa majestade.
Lear	Você apenas está me lembrando de minhas próprias opiniões. Tenho notado leve negligência ultimamente, mas preferi culpar minha curiosidade desvelada a alguma intenção proposital de descortesia. Vou prestar mais atenção... Mas onde está meu bobo? Faz dois dias que não o vejo!
Cavaleiro	Desde que nossa jovem senhora partiu para a França, meu senhor, o Bobo está abatido.
Lear	Chega de falar disso, eu mesmo já havia notado. Vá dizer à minha filha que desejo falar com ela.

[*Sai o cavaleiro.*]

E você, vai buscar meu bobo.

[*Sai outro cavaleiro.
Entra novamente Oswald.*]

	E o senhor, venha aqui: sabe quem sou eu?
Oswald	O pai de minha senhora.
Lear	"O pai de minha senhora"! Meu senhor é um canalha, seu filho de uma cadela! Escravo! Escória!
Oswald	Não sou nada disso, meu senhor. Imploro-lhe seu perdão.
Lear	Canalha, como ousa levantar os olhos para mim?

[*Bate nele.*]

Oswald	Não posso aceitar que me batam, meu senhor.
Kent	E ser derrubado, aceita? Seu jogador de futebol desprezível!

[*Dá-lhe uma rasteira.*]

Lear	Muito obrigado, camarada. Você sabe me servir, e gosto de você.
Kent	Vamos lá, meu senhor, levante-se e vá embora! Vou lhe ensinar o que é distinção: fora, fora! Se quer provar da própria falta de jeito, fique por aqui, então! Vá logo embora, você não tem juízo? Assim!

[*Empurra Oswald para fora da cena.*]

Lear	Quero lhe agradecer, meu amigo. Isso é pelo seu pronto serviço.

[*Dá-lhe dinheiro. Entra o Bobo.*]

BOBO
Deixe-me contratá-lo também. Tome meu chapéu.

[*Entrega o chapéu a Kent.*]

LEAR
Ora, ora, meu pilantra. Como está você?

BOBO
[*A Kent.*] Meu rapaz, é melhor pegar meu chapéu!

KENT
Ora, por quê?

BOBO
Por quê? Ora, por tomar partido de quem já caiu em desgraça. Ah, se você não é capaz de sorrir na direção do vento, não vai demorar para pegar uma gripe. Tome aqui, pegue meu chapéu. Ora, esse camarada baniu duas de suas filhas e deu, contra a vontade, sua bênção para a terceira. Se você há de segui-lo, então deve usar meu chapéu... E então, titio, como está?
Queria eu ter dois chapéus e duas filhas.

LEAR
Por quê, meu garoto?

BOBO
Se eu lhes desse toda a minha renda, pelo menos ficaria com os chapéus. Este aqui é meu.
Peça outro para as suas filhas.

LEAR
Cuidado, pilantra. Olhe o chicote!

BOBO
A verdade é um cão que deve ficar no canil.
Ele deve ser expulso de casa a chicote, ao passo que a dona cadela fica junto à lareira, exalando seu odor.

LEAR	Cheira a fedor para mim!
BOBO	Meu rapaz, vou lhe ensinar um provérbio.
LEAR	Por favor!
BOBO	Preste atenção, titio:

    Tenha mais do que mostra,
    Fale menos do que sabe,
    Empreste menos do que tem,
    Cavalgue mais do que anda,
    Escute mais do que precisa,
    Aposte menos do que deve,
    Largue o vinho e os amores,
    E permaneça em casa,
    Assim lhe faltarão duas vezes dez para vinte.

KENT	Isso não faz sentido, Bobo.
BOBO	Então vale o mesmo que o palavreado de um advogado que não recebeu honorários... E não me pagaram nada... E você, titio, não consegue tirar nada do que disse?
LEAR	Claro que não, meu garoto: de nada há de sair nada.
BOBO	[*A Kent.*] Por favor, diga-lhe que isso é tudo que ele há de ganhar arrendando suas terras: ele não acredita em um bobo.
LEAR	Um bobo muito amargo!
BOBO	E você sabe a diferença, meu rapaz, entre um bobo amargo e um doce?
LEAR	Não, meu amigo, diga-me.

BOBO	Quem lhe deu o vão conselho De distribuir suas terras? Traga-o aqui na minha frente, E se poste junto a ele. O bobo doce e o amargo Em um instante aparecem, Um aqui, com minha fantasia, O outro aí, bem ao seu lado.
LEAR	Você está me chamando de bobo, meu garoto?
BOBO	Todos os outros títulos você entregou. Esse já é seu de nascença.
KENT	Isso não é nada bobo, meu senhor.
BOBO	Dou minha palavra que não. Os lordes e os grandes homens não me permitiriam sê-lo. Se houvesse um monopólio, eles logo pediriam sua parte. Jamais aceitariam que eu fosse o único bobo, logo iriam me surrupiar o título... Titio, dê-me um ovo e eu lhe darei duas coroas.
LEAR	E que duas coroas são essas?
BOBO	Ora, basta-me cortar o ovo no meio e engolir a gema. Sobram então as duas coroas do ovo. Quando você cortou sua coroa pela metade e entregou as duas partes, você arrastou seu jumento nas costas em meio à lama. Faltou tino nessa sua coroa careca quando você deu de mão beijada sua coroa de ouro. E se falo como um bobo ao dizê-lo, que o primeiro que assim acreditar seja punido.

[*Cantando.*]

Os bobos nunca ganharam tão pouco
Depois que os sábios viraram tolos.
Se querem saber como perderam a cabeça,
Basta relembrar as suas macaquices.

LEAR / Desde quando você anda com cantorias, meu rapaz?

BOBO / Desde que você transformou suas filhas em mães, dando-lhes o chicote e arriando as próprias calças!

[*Cantando.*]

Choraram então de alegria,
E eu, por tristeza, cantei
Por ver um rei se escondendo
Em meio aos bobos como eu.

Peço-lhe, titio, que arranje um mestre que ensine seu bobo a mentir... Com muita alegria, aprenderia a mentir.

LEAR / Se você mentir, meu rapaz, vou tratar de açoitá-lo.

BOBO / Fico assombrado com a afinidade entre você e suas filhas. Elas me açoitariam por dizer a verdade, você me manda para o chicote por mentir e, às vezes, até mesmo por ficar quieto. Preferiria ser qualquer coisa a um bobo e, ainda assim, não queria ser você, titio. Você aparou seu juízo de ambos os lados, sem deixar nada no meio... Lá vem um dos lados.

[*Entra Goneril.*]

LEAR · O que aconteceu, minha filha? Por que essa cara séria? Acho que, ultimamente, só a vejo de cara amarrada.

BOBO · Você andava bem contente quando não tinha de se preocupar com a cara dela. Agora, virou um zero à esquerda. Valho mais do que você, você não vale nada... Sim, certamente, tenho de segurar minha língua...

[*A Goneril.*]

É o que me ordena sua cara, mesmo que não tenha me dito nada. Quietinho, quietinho... Quem não guarda nem a crosta nem o recheio há de precisar dos dois...

[*Apontando para Lear.*]

Eis uma casca oca.

GONERIL · Meu senhor, não apenas esse seu palhaço anda cheio de liberdades, como outros de seu insolente séquito berram e brigam todo o tempo, acabando em bizarros e intoleráveis desvarios. Pensei que, ao fazer com que soubesse de tudo isso, as coisas se resolveriam, mas, pelo que vem fazendo e me dizendo, agora tenho medo de que esteja protegendo essa conduta, instigando-a com sua aprovação. Tal ofensa não deveria escapar à censura, muito menos à correção, que, em proveito de todos, poderia culminar em

	vergonha, contudo, em vista da necessidade, mostrar-se-ia um prudente expediente.
Bobo	Pois você bem sabe, titio, que o pardal deu de comer ao cuco por tanto tempo, que seus filhotes acabaram lhe comendo a cuca. E assim se apagou a vela, e ficamos todos nas trevas.
Lear	Por acaso você é nossa filha?
Goneril	Ora, meu senhor, gostaria muito que usasse de sua sabedoria, mesmo que ela ande meio falha, e se livrasse desses pendores que nos últimos tempos o afastaram de sua verdadeira essência.
Bobo	Será que o asno não sabe quando a carroça puxa os cavalos?... Eia, queridinha, como a amo!
Lear	Será que alguém aqui me conhece? Este aqui não é Lear. Por acaso Lear anda assim? Fala assim? Onde estão seus olhos? Talvez seu juízo tenha enfraquecido, seu discernimento esteja meio lento... Ah! Está acordando? Não, não é isso... Quem é esse que me diz quem sou?
Bobo	A sombra de Lear.
Lear	Gostaria de entender isso, já que, segundo os sinais da soberania, do conhecimento e da razão, eu teria me convencido erroneamente de que tive filhas.
Bobo	Que vão se tornar um pai obediente.
Lear	Qual o seu nome, bela dama?
Goneril	Essa admiração, meu senhor, parece muito com o vislumbre de novas piadas. Peço-lhe

que compreenda exatamente meus propósitos. Como um venerável velho, deveria se mostrar sábio. Com o senhor, há cem cavaleiros e escudeiros, homens tão desregrados, depravados e atrevidos que nossa corte, contaminada com seus modos, parece uma estalagem desenfreada. Os excessos e a lascívia são mais condizentes com uma taverna, um bordel, do que com um majestoso palácio. A vergonha em si pede um remédio imediato. Que ela tenha então o que lhe roga, com uma diminuição de sua comitiva. Quanto aos que aqui restarem, que se comportem um pouco mais de acordo com a idade do senhor, que é do conhecimento deles, e também de vossa majestade.

LEAR   Trevas e demônios!... Selem meus cavalos, reúnam minha comitiva! Bastarda degenerada! Não vou mais lhe causar problemas, ainda me resta uma filha.

GONERIL   O senhor agride minha gente, e sua ralé sem modos faz de seus superiores uns lacaios.

[*Entra Albany.*]

LEAR   Coitado daquele que se arrepende tarde demais!

[*A Albany.*]

Ah, meu senhor, já chegou? Essa é a sua vontade? Fale, meu senhor... Preparem meus cavalos... Ingratidão, demônio de coração de mármore, você se mostra ainda mais horrendo quando se manifesta na forma de uma filha do que quando aparece como um monstro marinho!

ALBANY   Por favor, meu senhor, tenha paciência!

LEAR   [*A Goneril.*] Ave de rapina repulsiva, você mente! Meu séquito é composto de gente escolhida a dedo, gente rara que conhece todos os meandros do dever, que sabe zelar pela honra de seu nome com extremo cuidado. Ah, que coisa mínima, que falta tão medíocre me parece agora o que fez Cordélia! Como uma máquina, arrancou-me a base de seu lugar fixo, drenando todo o amor de meu peito, ali deixando apenas fel. Ah, Lear, Lear, Lear!

[*Batendo a cabeça.*]

Arrebenta esse portão que deixou sua loucura entrar, e todo o juízo sair... Vamos, vamos embora, minha gente.

[*Saem o conde de Kent e os cavaleiros.*]

ALBANY   Meu senhor, não tenho culpa de nada, tampouco sei o que o perturba.

LEAR   Pode ser que sim, meu senhor. Ouça, natureza, ouça. Cara deusa, ouça. Suspende seu propósito, se pretendia tornar aquela criatura fértil! Introduza em seu útero a esterilidade! Resseque seus órgãos de crescimento, e que de seu corpo perverso nunca germine um bebê para honrá-la! Se um dia procriar, que seu filho seja pura bile, que ele viva para ser-lhe um suplício desnaturado e cruel! Que ele traga rugas ao seu jovial semblante e, com lágrimas cadentes, escave canais em suas faces, que trate suas aflições e bênçãos maternas com riso e escárnio, para que ela sinta como a ingratidão de um filho é mais afiada que as presas de uma serpente!... Vamos, vamos embora!

[*Sai.*]

ALBANY Ora, ora, deuses que adoramos, de onde vem tudo isso?

GONERIL Não se preocupe em saber mais, mas deixe que seus pendores tomem o rumo que a velhice lhes dá.

[*Entra novamente Lear.*]

LEAR O quê? Cinquenta de meus homens de uma só vez? Em quinze dias?

ALBANY Qual o problema, senhor?

LEAR Vou lhe dizer... Vida e morte!

[*A Goneril.*]

Tenho vergonha de que você tenha o poder de abalar minha hombridade assim. Que essas lágrimas quentes, que me escorrem à força, sejam por você merecidas... Raios e névoa contra sua pessoa! Que as feridas expostas da maldição

paterna perfurem todos os seus sentidos!...
Ah, olhos velhos e tolos, continuem a chorar e
eu os arrancarei de suas órbitas, lançando-os
nas águas que têm derramado para temperar a
argila. Ah! Que assim seja! Tenho outra filha
e tenho certeza de que ela é gentil e solícita.
Quando ela souber de tudo isto, com suas unhas
há de dilacerar seu rosto de loba, e você me verá
reaver a forma que acredita ter se arruinado
para sempre.

[*Saem Lear, o conde de Kent e seus criados.*]

GONERIL Ouviu tudo isso?

ALBANY Não posso ser tão parcial, Goneril, mesmo com todo o amor que tenho por você...

GONERIL Por favor, chega! Oswald, onde está você?

[*Ao Bobo.*]

E você, meu senhor, mais canalha do que bobo, vai atrás do seu mestre.

BOBO Titio Lear, titio Lear, espere! Leve o Bobo consigo!... Quando se prende uma raposa e uma filha assim, ambas devem ir à forca. Como meu chapéu não é corda, é melhor ir-me embora!

[*Sai.*]

GONERIL Esse homem foi bem aconselhado... Cem cavaleiros! É bem prudente e ajuizado fazer com que ele mantenha cem homens armados. Pois sim. A cada sonho, rumor ou fantasia, a cada reclamação e antipatia, tem à disposição toda uma comitiva para colocar nossa vida à sua mercê... Estou lhe dizendo, Oswald!

ALBANY Ora, seu medo é exagerado.

GONERIL É melhor do que confiar demais. Prefiro abater os males que temo do que ser abatida pelo temor. Conheço seu coração. Escrevi à minha irmã relatando tudo o que ele disse. Se ela der abrigo a ele e aos seus cem cavaleiros, depois de eu ter lhe contado acerca de todos os seus abusos...

[*Entra novamente Oswald.*]

E então, Oswald? Já escreveu a carta para minha irmã?

OSWALD Sim, senhora.

GONERIL Separe sua escolta e parta agora mesmo a cavalo. Informe-a de meus temores, e adicione também os próprios argumentos, já que podem reforçar o que disse. Vá logo, e não tarde a voltar.

[*Sai Oswald.*]

Não, não, meu senhor! Não condeno toda essa sua gentileza sem limites, essa sua atitude branda, mas me perdoe: você será mais culpado por sua falta de astúcia do que seria elogiado por sua nociva indulgência.

Albany	Até onde vai seu olhar, eu não sei, mas, em busca do melhor, muitas vezes perdemos o bom.
Goneril	Mas, então...
Albany	Pois bem, veremos...

[*Saem.*]

CENA V.
Pátio diante do palácio do duque de Albany.

[*Entram Lear, o conde de Kent e o Bobo.*]

Lear	[*A Kent.*] Siga na frente até Gloucester com estas cartas. Encontre-se com minha filha e não lhe diga nada do que sabe, além do que concerne esta mensagem. Se não se apressar, chegarei antes de você.
Kent	Não dormirei, meu senhor, antes de entregar sua carta.

[*Sai.*]

Bobo	Se o cérebro de um homem estivesse nos pés, ele não correria o risco de ter frieiras?
Lear	Claro que sim, meu garoto.
Bobo	Então peço que fique feliz, sua sabedoria nunca vai usar chinelos.

Lear   Rá, rá, rá!

Bobo   Você há de ver que sua outra filha vai tratá-lo
            com toda a gentileza, pois, mesmo que ela
            se pareça com essa aí tanto quanto uma
            maçã verde se parece com uma maçã gala, eu
            digo o que digo.

Lear   E o que você me diz, meu garoto?

Bobo   Que ela vai ter um sabor tão parecido com o da
            outra filha tanto quanto a maçã verde se parece
            com a maçã verde. Você é capaz de me dizer por
            que o nariz fica no meio da cara?

Lear   Não.

Bobo   Ora, para cada olho ficar de um lado do
            nariz, assim, o que um sujeito não pode
            cheirar ele pode espiar.

Lear   Fui injusto com ela...

Bobo   Você sabe dizer como a ostra faz sua concha?

Lear   Não.

Bobo   Eu também não. Mas sei por que o
            caracol tem uma casa.

Lear   Por quê?

Bobo   Ora, para enfiar a cabeça. Assim não precisa
            entregar a casa para as filhas, nem deixar seus
            chifres sem abrigo.

Lear   Vou esquece minha natureza. Um pai tão
            gentil!... Meus cavalos estão prontos?

BOBO	Seus asnos já foram buscá-los. A razão por que as sete estrelas são apenas sete é uma bela razão.
LEAR	É porque não são oito?
BOBO	Isso mesmo, você seria um ótimo bobo.
LEAR	Tomar de volta à força. Que terrível ingratidão!
BOBO	Se você fosse o meu bobo, titio, eu o açoitaria por ter ficado velho antes do tempo.
LEAR	Como assim?
BOBO	Você não devia ter ficado velho antes de ficar sábio.
LEAR	Ó, céus, não me deixem enlouquecer! Que eu não fique louco, doce firmamento! Não quero ficar louco, conservem meu juízo!...

[*Entra um cavalheiro.*]

E então, os cavalos estão prontos?

CAVALHEIRO	Prontos, meu senhor.
LEAR	Venha, meu garoto.
BOBO	Aquela que é uma donzela, e que ri de minha partida, não será donzela por muito tempo, a não ser que as coisas se cumpram logo.

[*Saem.*]

ATO II

CENA I.
Um pátio interno do castelo do conde de Gloucester.

[*Entram Edmund e Curan, e se encontram no palco.*]

EDMUND — Salve, Curan.

CURAN — Salve, meu senhor. Estive com seu pai e lhe informei que o duque da Cornualha e sua duquesa, Regan, estarão aqui com o senhor ainda esta noite.

EDMUND — E para que tudo isso?

CURAN — Eu não sei. O senhor ficou sabendo das últimas notícias, quero dizer, dos boatos sussurrados, pois até agora não passam de rumores passados de ouvido a ouvido?

EDMUND — Não. Por favor, diga-me do que se trata.

CURAN — O senhor não ouviu nada a respeito de uma provável guerra entre os duques da Cornualha e de Albany?

EDMUND — Nem uma palavra.

CURAN — Muito em breve deve ouvir, então. Passar bem, meu senhor.

[*Sai.*]

EDMUND
O duque estará aqui hoje à noite? Muito bem! Melhor, impossível! Isso se tece em meio à minha trama. Meu pai pôs sua guarda atrás do meu irmão, e eu tenho diante de mim uma questão delicada a encenar... Que a fortuna e a destreza estejam a meu favor!... Meu irmão, uma palavra! Desça aqui!

[*Entra Edgar.*]

Meu pai está vigiando. Meu senhor, fuja deste lugar! Já sabem de seu esconderijo, mas você pode se aproveitar da escuridão da noite... Você não disse nada contra o duque da Cornualha, disse?... Ele está a caminho, no meio da madrugada, às pressas, acompanhado de Regan. Será que você não falou nada a respeito da contenda que ele tinha com o duque de Albany? Pense bem.

EDGAR
Tenho certeza de que não disse nada.

EDMUND
Já ouço meu pai chegando... Perdoe-me. Por pura encenação, vou ter que sacar minha espada contra você... Saque-a você também e finja que está se defendendo. Agora, ataque! Renda-se! Entregue-se ao meu pai... Ei, luzes, aqui! Fuja, meu irmão!... Tochas, tochas!... Então, adeus.

[*Sai Edgar.*]

Se eu tirar um pouco do meu sangue, ele vai se convencer de meu intenso combate.

[*Fere o próprio braço.*]

Já vi bêbados se ferirem muito mais só na brincadeira... Pai, meu pai! Pare, pare! Ninguém vai me ajudar?

[*Entram o conde de Gloucester e alguns criados segurando tochas.*]

GLOUCESTER E então, Edmund, onde está o bandido?

EDMUND Estava aqui, no escuro, com a espada em punho, sussurrando uns feitiços demoníacos, conjurando a Lua como sua amante auspiciosa.

GLOUCESTER Mas onde está ele?

EDMUND Veja, meu senhor, estou sangrando.

GLOUCESTER Onde está o bandido, Edmund?

EDMUND Ele fugiu por ali, meu senhor. Quando viu que nunca poderia...

GLOUCESTER [*Aos criados.*] Corram atrás dele, já! Vão logo.

[*Saem os criados.*]

"Nunca poderia" o quê?

EDMUND ...me convencer de matar vossa senhoria. Mas eu lhe disse que os deuses da vingança lançam todos os seus trovões contra os parricidas. Contei-lhe com quantas voltas e com quanta força se dá o laço que une pai e filho... Meu senhor, em suma, ao ver como repulsivamente me opunha ao seu hediondo propósito, com sua espada em punho, atacou meu corpo indefeso a um só impulso, atingindo meu braço. Mas, percebendo que meu espírito se pusera em ação, pronto a lutar pelo que é certo, abrasado pelo embate, ou talvez assustado pelo barulho que fiz, subitamente ele se pôs a fugir.

GLOUCESTER   Que ele fuja para bem longe, pois não voltará livre a estas terras. E se o encontrarem... tratarão de despachá-lo... O nobre duque, meu senhor, meu honrado mestre, chega esta noite. Sob sua autoridade, eu proclamarei que aquele que o encontrar terá toda a nossa gratidão se executar o covarde assassino. Mas àquele que o esconder, morte certa!

EDMUND   Eu tentei dissuadi-lo de seu intento, e percebi que ele estava determinado. Então, curto e grosso, disse que iria denunciá-lo, ao que ele retrucou: "Seu bastardo sem nada! Você acredita realmente que se eu o contestasse, alguém iria atribuir confiança, valor ou mesmo virtude às suas palavras? Não, eu negaria tudo e, mesmo que você apresentasse

minha própria letra, eu diria que tudo
não passa de sua fantasia, suas insídias,
seus malditos arranjos. Você deve mesmo
achar que o mundo é tolo demais, a ponto
de não perceber que os benefícios de
minha morte são estimulantes o bastante
para fazer com que você os persiga".

GLOUCESTER — Monstro vil e resoluto! Queria ele renegar sua carta?... Nunca o concebi.

[*Som de clarins nos bastidores.*]

Ouça! São os clarins do duque! Não sei por
que ele está vindo... Vou bloquear todos os
portos, o bandido nunca há de escapar. O duque
tem que me garantir isso. Além do mais, vou
enviar seu retrato a todos os cantos, para que
todo o reino possa reconhecê-lo. E você, meu
filho exemplar e fiel, encontrarei os meios para
fazê-lo meu herdeiro.

[*Entram o duque da Cornualha, Regan e seus criados.*]

CORNUALHA — E então, meu nobre amigo? Desde que cheguei — o que acaba de acontecer — só tenho ouvido notícias estranhas.

REGAN — Se tudo for verdade, qualquer vingança contra esse criminoso é pouca. Como está, meu senhor?

GLOUCESTER — Ah, senhora, meu velho coração está despedaçado, despedaçado!

REGAN	O quê? O afilhado de meu pai estava em busca de sua vida? Aquele que meu pai nomeou? O seu Edgar?
GLOUCESTER	Ah, senhora, senhora, quem dera minha vergonha o tivesse ocultado!
REGAN	Ele não andava com aqueles cavaleiros desordeiros que servem meu pai?
GLOUCESTER	Não sei, minha senhora. É ruim demais, ruim demais.
EDMUND	Sim, minha senhora, ele era de seu séquito.
REGAN	Não me surpreende que ele tivesse más intenções. Foram eles que o convenceram a matar o velho, para gastar e se esbaldar com seus rendimentos. Esta mesma tarde, minha irmã me informou a respeito deles, e me recomendou tanta cautela, que se eles decidirem se hospedar em minha casa, lá não estarei.
CORNUALHA	Nem eu, posso lhe garantir, Regan... Edmund, ouvi dizer que você mostrou a seu pai todos os préstimos de um filho.
EDMUND	Era meu dever, meu senhor.
GLOUCESTER	Ele expôs os planos do outro e recebeu essa ferida ao tentar detê-lo.
CORNUALHA	Já foram atrás dele?
GLOUCESTER	Sim, meu bom senhor.
CORNUALHA	Basta que o prendam, e ninguém mais vai temer seus crimes. Pode contar com meu poder para

                    o seu propósito... Quanto a você, Edmund, cuja virtude e obediência, neste instante, enaltecem-no, pode se considerar um dos nossos. Essências tão imbuídas de lealdade nos faltam e precisamos de você por perto.

EDMUND   Eu o servirei, meu senhor, em qualquer ocasião, com toda a honestidade.

GLOUCESTER   Em nome dele, agradeço à vossa graça.

CORNUALHA   O senhor sabe por que viemos visitá-lo?

REGAN   Neste momento inoportuno, em meio às trevas da noite... Assuntos, meu nobre Gloucester, de certa importância, nos quais gostaríamos do seu conselho... Nosso pai escreveu, assim como nossa irmã, a respeito de discrepâncias, e achei que seria melhor respondê-los longe de casa. Desde então, vários mensageiros aguardam a contestação. Meu velho e bom amigo, console seu coração e conceda seu imprescindível conselho à nossa questão, que anseia por uma rápida resolução.

GLOUCESTER   Estou a seu serviço, minha senhora. Suas graças são bem-vindas.

[Saem.]

CENA II.
Diante do castelo do conde de Gloucester.

[*Entram Kent e Oswald, separadamente.*]

Oswald	Bom dia, meu amigo. Esta é sua casa?
Kent	Sim.
Oswald	Onde podemos deixar nossos cavalos?
Kent	No lodaçal.
Oswald	Por favor, se gosta de mim, diga-me onde.
Kent	Mas não gosto de você.
Oswald	Ora, tampouco gosto de você.
Kent	Se eu viesse do mesmo chiqueiro de onde você veio, poderia até gostar.
Oswald	Por que me trata assim? Nem o conheço.
Kent	Mas eu o conheço, camarada.
Oswald	E quem você acha que eu sou?
Kent	Um canalha, um pilantra, um comedor de restos, medíocre ordinário, orgulhoso, raso, mendicante, dono de três libras e três uniformes fedidos, e meias da pior qualidade. Ser fétido, rato de tribunal, filho de uma meretriz, afetado, puxa-saco, vigarista emasculado, escravo herdeiro de meia-pataca, melhor seria se tivesse

	se tornado um rufião, mistura malfeita de patife, mendigo, covarde e alcoviteiro, filho de uma cadela vira-lata. Tipinho que vai apanhar de mim até cair aos berros chorosos, se negar mesmo a menor sílaba de todos os seus títulos.
Oswald	Ora, mas que espécie de monstro é você para insultar alguém que não conhece e tampouco sabe quem você é?
Kent	Mas como é cara de pau, negando que me conhece. Não faz apenas dois dias que lhe dei uma rasteira e acabei com sua raça diante do rei? Saque sua arma, seu pilantra. Ainda está escuro, mas a Lua está brilhando. Vou transformá-lo em um guisado sob o luar. Saque, seu filho de uma rameira esdrúxulo, seu janota. Vamos!

[*Saca sua espada.*]

Oswald	Vá embora, não tenho nada a tratar com você.
Kent	Saque, seu pilantra! Você tem cartas contra o rei e está agindo como uma marionete da vaidade contra a majestade do pai dela. Saque, canalha, vou destrinchar suas pernas! Saque, pilantra, vamos logo!
Oswald	Socorro! Assassino! Socorro!
Kent	Reaja, escravo. Levante, canalha. Ataque, seu escravo janota!

[*Bate nele.*]

OSWALD
Socorro! Assassino! Assassino!

[*Entram Edmund, o duque da Cornualha, Regan, o conde de Gloucester e seus séquitos.*]

EDMUND
Mas o que é isso? O que está acontecendo?

KENT
Se quiser, posso bater em você também, menininho da mamãe. Vou destroçá-lo! Vem, mocinho!

GLOUCESTER
Espadas? Armas? O que está acontecendo aqui?

CORNUALHA
Parem, pela vida de vocês. O próximo a atacar será morto. O que aconteceu?

REGAN
São os mensageiros de nossa irmã e do rei.

CORNUALHA
Por que se desentenderam? Falem.

OSWALD
Estou sem fôlego, meu senhor.

KENT
Não é de se espantar, você mostrou bem seu valor. Seu pilantra covarde, a natureza lhe renega tudo, parece ter sido feito por um alfaiate.

CORNUALHA
Você é um sujeito muito estranho. Desde quando um alfaiate faz um homem?

KENT
Um alfaiate pode fazer um homem, sim, meu senhor. Um escultor e um pintor nunca o fariam assim tão feio, mesmo que só tivessem dois anos de experiência.

CORNUALHA
Fale logo, como se deu essa discussão?

Oswald	Esse velho facínora, meu senhor, cuja vida poupei em respeito à sua barba grisalha...
Kent	Filho de uma meretriz, seu desnecessário! Meu senhor, se me permite, posso esmigalhar esse bandido encaroçado até virar argamassa para rebocar as paredes da latrina... Poupou então minha barba grisalha, seu lambe-botas?
Cornualha	Calma, rapaz! Seu patife estúpido, você não tem modos?
Kent	Tenho, meu senhor, mas a raiva tem seus privilégios.
Cornualha	E por que toda essa raiva?
Kent	Por ver um escravo desses portando uma espada, sem ter o mínimo brio. Esses canalhas sorridentes, como ratos, roem até romper os laços sagrados, que são muito intrincados para ser desatados. Esses tipos incitam as paixões que se rebelam na essência de seus amos, jogam óleo no fogo e neve no frio. Negam, afirmam e trocam de opinião conforme os humores e variações de seus mestres. Nunca sabem nada, apenas vão atrás, como cães... Que uma praga leve essa sua cara epilética! Está rindo de minha fala, como se eu fosse um tolo? Ah, seu fuinha, se eu o pego no vale de Sarum, carrego você de volta a Camelot aos berros.
Cornualha	Ora, meu velho, você está louco?

GLOUCESTER	Por que começaram a brigar? Diga logo!
KENT	Não há opostos mais divergentes do que esse pilantra e eu.
CORNUALHA	Por que insiste em chamá-lo de pilantra? O que ele fez de errado?
KENT	É sua cara que não me agrada.
CORNUALHA	Penso que tampouco lhe agrada a minha, ou a dele, ou a dela.
KENT	Senhor, é minha função falar honestamente: já vi melhores rostos na minha vida do que os que estão sobre os ombros diante de mim nesse momento.
CORNUALHA	Eis aí um sujeito que tem sido elogiado por sua franqueza, mesmo que isso culmine em grosseria e acabe por lhe acabar com o estilo. Ele é incapaz de elogios... Uma mente honesta e sincera... Ele tem que falar a verdade! Se são capazes de aceitar, muito bem. Se não, ele continuará sendo honesto. Esse tipo de canalha, com toda essa honestidade, oculta mais artimanhas e propósitos mais corruptos do que vinte criados prestativos e tolos, que cumprem com seus deveres graciosamente.
KENT	Meu senhor, de boa-fé, na minha mais sincera honestidade, com a permissão de sua grandiosa figura, cuja influência, como a ardente coroa da fronte de Febo...
CORNUALHA	O que você pretende com tudo isso?

Kent	Mudar meu estilo, já que o senhor tanto o desaprova. Eu sei, meu senhor, que não sou do tipo bajulador. Aquele que o iludiu usando de um tom franco é que era um franco canalha. Algo que eu jamais serei, mesmo que não seja de seu agrado ao tentar sê-lo.
Cornualha	[*A Oswald.*] Como você o ofendeu?
Oswald	Nunca o ofendi. Já agradava ao rei, o senhor dele, bater em mim, pois ele sempre me interpretou mal. Quando esse senhor, seu aliado, incitando o mau gosto do rei, passou-me uma rasteira, chutou-me e me humilhou, e acabou por arrancar louvores de seu mestre, apenas por atacar um homem já rendido. E, no meio de sua atroz proeza, atacou-me novamente.
Kent	Esses covardes e pilantras só fazem Ájax de tolo.
Cornualha	Tragam o tronco!... Velho teimoso e canalha, venerável desdenhoso, vamos lhe dar uma lição...
Kent	Meu senhor, sou velho demais para aprender qualquer coisa. Não me ponham no tronco, estou a serviço do rei, e fui enviado até aqui por sua conta. Se puserem no tronco seu mensageiro, mostrarão pouco respeito e resoluta malícia para com a graça e a pessoa de meu mestre.
Cornualha	Tragam o tronco!... Pela minha vida e honra, é lá que vai ficar até o meio-dia.
Regan	Até meio-dia? Até a noite, meu senhor, e madrugada afora.

KENT: Ora, minha senhora, mesmo que eu fosse o cão de seu pai, não deveria me tratar assim.

REGAN: Como é seu lacaio, assim o farei.

CORNUALHA: Trata-se do tipinho que sua irmã descreveu. Vamos logo, tragam o tronco.

[*Surge o tronco no palco.*]

GLOUCESTER: Eu suplico à vossa graça que não o faça. Sua falta é grave, mas deixe que o seu mestre, o bom rei, seja responsável por sua punição. A pena que exige é reservada aos mais vis e desprezíveis bandidos, a furtos e outros crimes comuns. O rei não vai gostar de se ver tão humilhado por meio de seu valoroso mensageiro.

CORNUALHA: Eu responderei por isso.

REGAN: Pode ser que minha irmã fique ainda mais ofendida ao ver seu cavalheiro ser abusado e atacado simplesmente por cumprir suas ordens... Prendam suas pernas...

[*O conde de Kent é colocado no tronco.*]

Vamos embora, meu senhor.

[*Saem todos, menos os condes de Gloucester e de Kent.*]

GLOUCESTER: Sinto por você, meu amigo. Tudo para agradar ao duque, cujo gênio, é do conhecimento de

	todos, nunca se deixa dobrar ou parar. Vou interceder por você.
KENT	Não será necessário, meu senhor. Viajei muito e não descansei. Vou dormir um pouco e, no resto do tempo, assobiar. A sorte de um homem é capaz de lhe subir pelos calcanhares. Tenha um bom dia!
GLOUCESTER	O duque é o culpado, e isso será malvisto.

[*Sai.*]

KENT   Meu bom rei, o senhor há de aprovar o ditado popular: "Aquele que sai das graças dos céus fica à mercê do escaldante sol". Aproxime-se, raio desse globo inferior, para que eu possa ler esta carta à luz de vossos confortáveis raios... Ninguém há de presenciar milagres apartado da miséria... Sei que isso parte de Cordélia, que, desafortunadamente, foi informada de meu obscuro objetivo... [lendo] "e deve achar o caminho em meio a essas terríveis circunstâncias, buscando um remédio para suas perdas". Tão cansados, tão exaustos, aproveitem, pesados olhos meus, tratem de não observar esta sórdida morada. Boa noite, fortuna. Sorria uma vez mais, e faça girar sua roda!

[*Ele dorme.*]

CENA III.
Campo aberto

[*Entra Edgar.*]

EDGAR   Ouvi meu nome denunciado, e no oportuno oco de uma árvore, escapei da caçada. Nenhum porto está livre, não há lugar sem guardas e vigias prontos a me aprisionar. Mesmo que consiga escapar, devo me preservar, e estou decidido a tomar as vestes mais baixas e miseráveis que a penúria, em seu desprezo ao homem, aproximou do bestial. Vou cobrir meu rosto de imundície, meus quadris de trapos, meus cabelos com nós e, apresentando minha nudez aos ventos e aos tormentos dos céus. O país me mostrou o exemplo precedente dos mendigos de Bedlam que, aos urros, cravam nos braços dormentes pregos, estacas, alfinetes e galhos de alecrim e, com esse horrendo aspecto, rezas e maldições lunáticas, forçam a caridade em humildes roças, aldeias paupérrimas, abrigos de ovelhas e velhos moinhos... Pobre vagabundo! Pobre zé-ninguém! Melhor assim... Já não sou mais Edgar.

[*Sai.*]

CENA IV.
Diante do castelo do conde de Gloucester. Conde de Kent atado ao tronco.

[Entram Lear, o Bobo e um cavalheiro.]

LEAR	É muito estranho que tenham partido assim, sem mandar meu mensageiro de volta.
CAVALHEIRO	Pelo que sei, não tinham a intenção de partir até ontem à noite.
KENT	Salve, meu nobre amo!
LEAR	Como? Você transformou essa vergonha em passatempo?
KENT	Não, meu senhor.
BOBO	Rá, rá! Que cinta-liga mais cruel está usando! Os cavalos são presos pela cabeça, os ursos e cães pelo pescoço, os macacos pela cintura e os homens pelas pernas. Quando um homem tem fogo demais nos pés, usa meias de madeira.
LEAR	Quem ignorou seu posto e o prendeu aí?
KENT	Tanto ele como ela, seu filho e sua filha.
LEAR	Não.
KENT	Sim.
LEAR	Estou dizendo que não.
KENT	E eu, que sim.
LEAR	Não, não, eles não o fariam.

Kent	Sim, pois fizeram.
Lear	Por Júpiter, juro que não.
Kent	Por Juno, juro que sim.
Lear	Não, eles não ousariam. Não o fariam, não poderiam fazê-lo. Isso é pior do que assassinato, um violento ultraje ao respeito que têm por mim. Diga logo, com todo o seu comedimento, o porquê de o terem tratado assim, mesmo sabendo que você fora mandado por nós.
Kent	Meu senhor, quando cheguei à casa deles, entreguei-lhes suas cartas. Antes mesmo de me levantar do lugar onde me ajoelhara — como era meu dever — chega outro mensageiro, suado, afobado, ofegando saudações de Goneril, sua ama. A despeito da intromissão, confiou sua mensagem, lida de imediato. Diante do conteúdo, convocaram seu séquito e montaram os cavalos sem demora, ordenando-me que os seguisse e aguardasse sua resposta, lançando-me olhares de frieza. Chegando aqui, encontrei o outro mensageiro, cuja boa acolhida, já tinha eu percebido, envenenou a minha... Como se tratava do mesmo sujeito que fora tão insolente com sua alteza anteriormente, eu — com mais hombridade do que sabedoria — saquei da espada. Ele, por sua vez, fez acordar toda a casa com seus berros de covarde. Então, seu filho e sua filha julgaram essa minha falta suficiente para a vergonha que aqui sofro.

BOBO	Se o pato ainda não levantou voo, é porque o inverno não terminou. Pais que vestem farrapos veem a filha fechar os olhos. Mas se carrega consigo um saco de moedas, há de ver apenas gentileza. A fortuna, essa meretriz incurável, sempre tranca a porta ao miserável. Por tudo isso, você verá de suas filhas, ainda este ano, nada além de muita dor — mais do que jamais viu.
LEAR	Ah, como se inflama essa mágoa e aperta meu peito! Ah, histeria, contraia-se, seu lugar é mais embaixo!... Onde está minha filha?
KENT	Com o conde, meu senhor, aqui dentro.
LEAR	Não me sigam. Fiquem aqui.

[*Sai.*]

CAVALHEIRO	Você cometeu mais algum crime além desse que declarou?
KENT	Nenhum. Por que o rei veio acompanhado de tão pouca gente?
BOBO	Se foi por essa pergunta que o colocaram no tronco, foi bem-merecido.
KENT	Por quê, Bobo?
BOBO	Vamos mandá-lo para a escola das formigas, para aprender que não se trabalha no inverno. Aqueles que seguem seu nariz são guiados pelos olhos, à exceção dos cegos. E não há nem um nariz sequer em meio a vinte homens que não fareje um sujeito que fede. Quando uma

grande roda desce uma encosta, solte-se para
não quebrar o pescoço agarrado nela. Mas, se ela
estiver subindo, agarre-a, assim ela o levará para
cima consigo. Se um sábio lhe der um conselho
melhor, devolva o meu: prefiro que canalhas o
sigam, já que é um bobo que o ofereceu. Quem
serve e busca apenas ganho, cuidando só por
interesse, manda-se logo que começa a chover,
largando-o no temporal. Mas eu insisto, o bobo
há de ficar, e deixa o sábio fugir. O pilantra
que foge é outro bobo, e o bobo — valha-me
Deus! — não é pilantra.

KENT Onde você aprendeu isso, Bobo?

BOBO No tronco é que não foi, bobo.

[*Entra Lear, acompanhado do conde de Gloucester.*]

LEAR Estão se negando a falar comigo? Estão por
acaso doentes, exaustos? Viajaram toda a noite?
Mera desculpa, sinais de revolta e deserção.
Vá buscar uma resposta melhor.

GLOUCESTER Meu caro senhor, sabe bem como é o caráter
enérgico do duque. E como ele é inflexível e
firme em sua conduta.

LEAR Vingança! Peste! Morte! Confusão!...
Enérgico? Que qualidade é essa?
Ora, Gloucester, Gloucester, só queria falar
com o duque e sua esposa.

GLOUCESTER Meu senhor, eu já lhes informei.

Lear   Informou? Mas será que você não me entende, homem?

Gloucester   Sim, meu bom senhor.

Lear   O rei quer falar com o duque da Cornualha, o pai querido quer falar com sua filha e comanda seu serviço. Foram informados a respeito?... Meu sopro de vida, meu sangue!... Enérgico? O enérgico duque? Diga ao duque cheio de energia que... Não, ainda não, talvez ele não esteja bem. A enfermidade traz consigo o descuido do ofício que honramos na saúde. Deixamos de ser nós mesmos quando a natureza, oprimida, comanda a mente a sofrer com o corpo. Vou me conter e me afastar da minha vontade mais persistente de tomar um homem doente e indisposto por um são... Morte ao meu estado. [*Observa Kent.*] Por que ele continua preso ali? Esse ato me convence de que a ausência do duque e da minha filha não passa de uma manobra. Soltem agora mesmo meu criado. Digam ao duque e à esposa que quero falar com eles imediatamente. Façam com que venham aqui e me ouçam, ou irei até a porta de seus aposentos e baterei como em um tambor até que ele leve à morte os que dormem.

Gloucester   Gostaria que tudo ficasse bem entre vocês.

[*Sai.*]

LEAR
Ah, meu coração, meu coração que se inflama!
Volte para baixo!

BOBO
Brigue com ele, titio, como a mocinha fez com as enguias quando as colocou ainda vivas na massa. Ela bateu na cabeça delas com um pau e gritou: "Para baixo, suas lascivas, para baixo!". Foi o irmão dela, por pura gentileza com seu cavalo, que amanteigou o feno.

[*Entram o duque da Cornualha, Regan, o conde de Gloucester e seus criados.*]

LEAR
Bom dia a ambos.

CORNUALHA
Salve, sua graça.

[*O conde de Kent é posto em liberdade.*]

REGAN
Fico contente em ver sua majestade.

LEAR
Acredito que sim, Regan. E sei por que razão acredito. Se você não estivesse contente, eu me divorciaria da tumba de sua mãe, sepultando uma adúltera.

[*Ao conde de Kent.*]

Ah, está livre? Em breve, trataremos disso...
Minha amada Regan, sua irmã não é mais nada...
Ah, Regan, ela cravou sua ingratidão, como um abutre, bem aqui... [*Aponta para o coração.*]

	Mal posso falar com ela, você não há de acreditar o quão perversa ela se mostrou... Ah, Regan!
REGAN	Peço-lhe que tenha paciência, meu senhor. Espero que o senhor seja melhor em avaliar seu valor do que em diminuir seu dever.
LEAR	Diga-me então como fazê-lo.
REGAN	Custa-me acreditar que minha irmã tenha faltado com suas obrigações. Mas se, meu senhor, ela refreou a balbúrdia de seu séquito, o fez com tal fundamento, e com objetivos tão íntegros, que a isenta de qualquer culpa.
LEAR	Maldita seja!
REGAN	Ora, o senhor já está velho. A natureza está a ponto de chegar a seu marco final em seu corpo. Deveria se deixar dominar e guiar por um juízo que tenha melhor capacidade para discernir seu estado do que o senhor mesmo. Por isso, meu senhor, peço-lhe: retorne à nossa irmã e admita que errou.
LEAR	E pedir por seu perdão? Acredita que isso seja condizente com nossa casa? "Querida filha, confesso que estou velho. [*Ajoelhando-se.*] A idade é inconveniente, por isso estou aqui de joelhos lhe suplicando que me dê roupa, cama e alimento."
REGAN	Chega, meu bom senhor! Basta dessas piadas sem graça. Volte para minha irmã.
LEAR	[*Levantando-se.*] Nunca, Regan. Ela me tirou metade de meu séquito, olhando-me com

desdém e me atacando no coração com sua língua, como uma serpente venenosa... Que todas as vinganças celestiais recaiam sobre sua fronte ingrata! Que ventos arrebatadores empesteiem seus ossos jovens de deformidades!

CORNUALHA Basta, meu senhor, basta!

LEAR Ágeis relâmpagos, lancem suas chamas ofuscantes em seus olhos cheios de escárnio! Névoas dos pântanos tragadas pelo sol, infectem sua beleza até ruir por completo seu orgulho!

REGAN Ó, abençoados deuses! Então é isso que o senhor vai me desejar em seu próximo ataque de rabugice?

LEAR Não, Regan, nunca a amaldiçoarei. Sua natureza terna nunca lhe permitirá ser cruel. Os olhos de sua irmã são ferozes, mas os seus não queimam, apenas trazem conforto. Não é você quem me estraga os prazeres, e me divide o séquito, você não me diz palavras duras, nem me diminui a ração, tampouco me impede a entrada. Você sabe melhor do que ela qual é seu dever natural, os vínculos advindos da infância, os efeitos da cortesia e os débitos da gratidão. Você não esqueceu a metade do reino que lhe entreguei.

REGAN Meu bom senhor, voltemos ao assunto.

LEAR Quem pôs meu homem no tronco?

[*Clarins nos bastidores.*]

CORNUALHA De quem é esse toque?

REGAN	Eu o conheço, é da minha irmã. Isso confirma sua carta, que dizia que ela em breve estaria aqui.

[*Entra Oswald.*]
[*A Oswald.*]

Sua senhora chegou?

LEAR	Esse aí é um escravo cuja arrogância emprestada vive sob as poucas graças que ela lhe concede... Saia da minha frente, canalha!
CORNUALHA	O que quer dizer, sua graça?
LEAR	Quem pôs meu homem no tronco? Regan, tenho a esperança de que você não sabia de nada disso... Quem vem lá? Ó, céus!

[*Entra Goneril.*]

Se você ama os velhos, se tem a doce propensão à obediência, se você mesmo é velho, faça sua a minha causa. Desça e me defenda!

[*A Goneril.*]

Você não sente vergonha de ver esta barba?
Ah, Regan, você é capaz de tomá-la pela mão?

GONERIL	E por que não o faria, meu senhor? Como é que ofendi alguém? Nem tudo o que sua indiscrição e caduquice consideram ofensivo o é realmente.
LEAR	Ah, meu peito, como é forte! Será que vai aguentar? Por que meu homem está no tronco?

CORNUALHA	Fui eu quem lá o pus, meu senhor, mas a algazarra que ele fez não merecia tamanha honra.
LEAR	Você? Foi você?
REGAN	Peço-lhe, meu pai, que, sendo fraco, mostre-se como tal. Se até o fim do seu mês, o senhor voltar a morar com minha irmã, dispensando metade do seu séquito, pode vir me procurar. Agora estou longe de casa, sem as provisões necessárias à sua hospedagem.
LEAR	Voltar para ela e dispensar cinquenta de meus homens? Não, prefiro renunciar a ter um teto e enfrentar a hostilidade do ar aberto, ser companheiro dos lobos e das corujas... A necessidade aguça a bravura!... Voltar para ela? Ora, preferiria me pôr de joelhos aos pés do trono do apaixonado rei da França, que tomou minha filha sem dote, suplicando-lhe uma pensão de escudeiro que me fizesse sobreviver... Voltar para ela? Seria mais fácil me convencer a me tornar um escravo, o burro de carga desse lacaio detestável.

[*Aponta para Oswald.*]

GONERIL	Como quiser, meu senhor.
LEAR	Eu lhe imploro, minha filha, não me deixe louco. Não vou mais importuná-la, minha criança. Adeus, não nos encontraremos nem nos veremos mais... Mas você ainda é minha carne, meu sangue, minha filha, ou talvez uma doença que

está entranhada em meu corpo, algo que tenho de aceitar como meu. Você é uma pústula, a ferida de uma praga, um tumor saliente em meu sangue corrupto. Mas não vou censurá-la, que a vergonha surja, não serei eu a chamá-la. Não rogo ao deus do trovão que a atinja, nem contarei suas ações ao excelso Júpiter. Corrija-se quando puder, melhore de acordo com seu tempo e vontade. Saberei ser paciente e posso ficar com Regan, meus cem cavaleiros e eu.

REGAN   De jeito nenhum, ainda não o esperava nem tenho provisões para acolhê-lo com dignidade. Dê ouvidos, meu senhor, à minha irmã, pois aqueles que misturam um pouco de razão à sua paixão hão de se contentar em considerá-lo velho e, por isso... Mas ela sabe o que faz.

LEAR   E isso lá é falar bem?

REGAN   Creio que sim, meu senhor. O quê, cinquenta homens? Isso não basta? Por que o senhor precisa de mais? Ou mesmo esse tanto, já que tanto os custos como os riscos depõem de tal maneira contra um número tão vasto? Como pode haver paz em uma casa com tanta gente sob dois comandos? É muito difícil, quase impossível.

GONERIL   Por que o senhor não poderia ser servido por aqueles que ela chama de criados, ou mesmo pelos meus?

REGAN   Por que não, meu senhor? Se eles fizessem corpo mole com o senhor, nós poderíamos

	controlá-los. Se o senhor vier comigo... pois agora já vejo um perigo... apenas lhe peço que traga somente vinte e cinco homens. Mais não vou aceitar, tampouco abrigar.
LEAR	Dei-lhes tudo...
REGAN	E deu em boa hora.
LEAR	Tornei-as minhas guardiãs, minhas depositárias, mas me guardei o direito de um séquito desse tamanho. Ora, preciso manter apenas vinte e cinco homens para ir com você? É isso que disse?
REGAN	E repito, meu senhor, nem um homem a mais.
LEAR	As criaturas mais vis parecem tão belas quando há outra ainda mais abominável. Não ser a pior de todas não deixa de ter seu valor...

[*A Goneril.*]

Vou com você. Os seus cinquenta ainda são o dobro de vinte e cinco, e seu amor equivale a dois do dela.

GONERIL	Ouça-me, meu senhor. Por que precisa de vinte e cinco, dez ou cinco criados em uma casa onde há o dobro de ajudantes ao seu comando?
REGAN	Por que precisaria de um que seja?
LEAR	Ah, não racionalizem minha necessidade. Nossos mais medíocres mendigos têm coisas supérfluas, mesmo em meio à maior das pobrezas. Não permita à natureza nada além do que é natural, e a vida do homem se

igualará à dos animais. Você é uma dama, se lhe bastaria estar quente para se mostrar bela... a natureza não necessita de suas belas vestes, que nem sequer lhe aquecem... Mas, quanto à verdadeira necessidade... Ó, céus, deem-me paciência, é de paciência que necessito! Vocês me veem aqui, ó, deuses, um pobre velho, cheio de anos e de aflições, miserável em ambos! Se são vocês que incitam o coração dessas filhas contra seu pai, não me iludam a ponto de me fazer sofrer mansamente, façam com que eu padeça de uma ira nobre e não permitam que as armas das mulheres, as lágrimas femininas, manchem minhas faces viris... Não, feiticeiras desnaturadas, minha vingança contra ambas será tamanha que todo o mundo vai... tais coisas irei fazer... o que há de ser, ainda não sei, mas serão certamente o terror da Terra. Vocês acham que vou chorar, mas não, não o farei... Tenho todos os motivos para chorar, mas este coração há de se estilhaçar em mil pedaços antes que eu derrame qualquer lágrima... Ah, Bobo, vou ficar louco!

[*Saem Lear, o Bobo e os condes de Gloucester e Kent. A distância, ouve-se uma tempestade.*]

CORNUALHA Vamos entrar. Há uma tempestade a caminho.

REGAN Esta casa é pequena. O velho e seu séquito não vão ficar bem acomodados.

GONERIL	A culpa é dele. Ele não quis descansar, e agora tem que provar da própria loucura.
REGAN	Eu o receberia com prazer, mas nenhum de seus homens.
GONERIL	É como também penso eu. Onde está meu senhor de Gloucester?
CORNUALHA	Seguiu o velho até lá fora... Lá vem ele.

[*Entra novamente o conde de Gloucester.*]

GLOUCESTER	O rei está enfurecido.
CORNUALHA	E para onde vai ele?
GLOUCESTER	Mandou trazer os cavalos, mas não sei para onde vai.
CORNUALHA	Deixem-no ir, ele é capaz de se virar.
GONERIL	Meu senhor, não tente de jeito nenhum detê-lo.
GLOUCESTER	Ai de mim! A noite já está chegando e os ventos de altitude já sopram com intensidade. Por muitos quilômetros, não se vê um só arbusto.
REGAN	Ah, meu senhor, aos teimosos os melhores mestres são as feridas que eles próprios engendraram. Tranquem as portas. Ele é acompanhado de uma comitiva atormentada, e é prudente temer o que ela pode levar os ouvidos suscetíveis a fazer.
CORNUALHA	Tranque as portas, meu senhor. Há de ser uma noite terrível. Minha Regan nos aconselhou bem. Saiam da tempestade.

[*Saem.*]

ATO III

CENA I.
Um brejo.

[Tempestade de raios e trovões. Entram o conde de Kent e um cavalheiro, encontrando-se em cena.]

Kent	Quem está aí, além do terrível tempo?
Cavalheiro	Alguém tal qual a tormenta, muito agitado.
Kent	Eu o reconheço. Onde está o rei?
Cavalheiro	Batendo-se com os furiosos elementos, pedindo aos ventos que soprem a terra para dentro do mar ou que este inunde o continente com suas ondas, para que tudo se transforme ou cesse de vez. E arranca os cabelos brancos, que as rajadas cegadas pela cólera em sua fúria agarram e transformam em nada, e ri em seu mundinho humano, tentando vencer em ira o hostil ir e vir do vento e da chuva. Nesta noite, em que a ursa exausta pela cria busca sua toca e o lobo faminto e o leão protegem o couro da umidade, ele corre exposto, perguntando-se o que há de levar tudo.
Kent	Mas quem está com ele?
Cavalheiro	Apenas o Bobo, que se esforça para livrar seu coração da dor com suas piadas.

Kent	Meu senhor, eu o conheço e, por isso, ouso lhe recomendar algo precioso, com base em minha percepção. Há divergência — embora a astúcia mútua recubra a face de seu rosto — entre os duques da Cornualha e de Albany, que têm — como todos os que se alçaram a um trono por sua benfazeja fortuna — serviçais que com serviçais se parecem, mas que na verdade são espiões e sagazes observadores do rei da França em nosso Estado. O que será que eles viram? Talvez os ressentimentos e conspirações dos duques, ou os freios que foram impostos por ambos ao velho rei, ou algo mais profundo, oculto sob essas frivolidades... Mas é verdade que há algum poder da França avançando em nosso fragilizado reino, e esse poder — sabendo de nossa negligência — já pôs os pés furtivos em nossos melhores portos, e está a ponto de hastear sua bandeira... Agora, quanto a você: se ousa confiar em mim, apresse-se em direção a Dover, onde encontrará alguém que agradecerá seu fiel relato acerca das impiedosas e enlouquecedoras mágoas por que nosso rei tem, com toda a razão, lamentado. Sou um cavalheiro nobre e distinto e, com certo conhecimento e segurança, confio-lhe essa missão.
Cavalheiro	Falarei mais tarde com o senhor.
Kent	Não, não faça isso. Para confirmar que valho mais do que as vestes que trago, abra esta bolsa e pegue tudo o que ela contém. Se você vir Cordélia — e não tema, acabará a encontrando

— mostre-lhe este anel, e ela lhe dirá de quem se trata esse camarada que você ainda não conhece. Maldita tempestade! Vou à procura do rei.

CAVALHEIRO   Dê-me sua mão, meu senhor. Tem algo mais a dizer?

KENT   Poucas palavras, mas muito mais do que acabo de falar... Contudo, apenas quando tivermos encontrado o rei. Vá por ali, que eu vou por acolá. Quem encontrá-lo primeiro que avise ao outro com um grito.

[*Saem separadamente.*]

CENA II.
OUTRO CANTO DO BREJO.
A TEMPESTADE CONTINUA.

[*Entram Lear e o Bobo.*]

LEAR   Soprem e cortem as faces, ventos! Soprem! Esbravejem! Que suas cataratas e furacões transbordem até que tenham inundado os campanários e afogado os galos dos ventos! Fogos sulfurosos, rápidos como a mente, mensageiros dos estrondos que despedaçam os carvalhos, queimem minha cabeça grisalha! E você, trovão ressoante, aplaine a compacta rotunda da terra! Rompa os moldes da natureza, cuspa todas as sementes de uma vez, os grãos que tornam ingrato o homem!

BOBO Ah, titio, água benta de mentira em uma casa seca é muito melhor do que essa água toda nos campos. Querido titio, volte para dentro e peça a bênção de suas filhas. Esta noite não tem piedade nem dos sábios nem dos bobos.

LEAR Ecoe, ventre cheio! Cuspa, fogo! Jorre, chuva! Nem a chuva, nem o vento, nem o trovão e o fogo são minhas filhas. Não os culpo, elementos, por essa grosseria! Não lhes dei um reino, nem os chamei de minhas crianças. Vocês não me devem nada. Que caia, então, seu terrível júbilo, eis-me aqui, seu escravo, um pobre, doente, fraco e desprezado velho... No entanto, já os percebo, ministros servis, aliados a duas filhas perniciosas, disparando suas altivas batalhas contra uma fronte tão velha e pálida como esta! Ah, ah, quanta sordidez!

BOBO Quem tem uma casa onde meter a cabeça já tem um belo chapéu. A braguilha de um homem dá abrigo à cabeça sem piolhos. E essa cabeça vai com as rameiras, como os mendigos com elas casam. O homem que dá ao pé o que cabe ao coração acaba com calos onde não deve, sem dormir de tanta dor... Pois nunca houve bela mulher que não posasse diante do espelho.

LEAR Não, vou ser modelo para a paciência, não direi nada.

[*Entra o conde de Kent.*]

Kent — Quem está aí?

Bobo — Ora, sua graça e uma braguilha, ou seja, um sábio e um bobo.

Kent — Ai, está aqui, meu senhor? Nem os seres noturnos amam noites como esta. Os irados céus afugentam até mesmo os andarilhos das trevas, confinando-os às suas cavernas. Desde que me entendo como homem, nunca ouvi torrentes de fogo como essas, nem os horrendos estrondos dos trovões, tampouco os urros do vento e da chuva. A natureza do homem não é capaz de aguentar tamanha aflição, tanto medo.

Lear — Que os grandes deuses, que mantêm esse terrível alvoroço sobre nossas cabeças, encontrem seus inimigos. Trema, miserável, que traz em sua essência crimes ocultos que a lei não flagelou. Esconda-se, mão sangrenta, que mentiu e simulou virtudes, vivendo no incesto. Estremeça em pedaços, criatura desprezível, pois dissimulada sob conveniências você tramou contra a vida do homem. E vocês, culpas reprimidas, escancarem seus receptáculos e roguem pela graça daquele que as convoca... Sou um homem contra o qual se pecou mais do que eu próprio pequei.

Kent — Ai de mim, tem a cabeça nua! Meu honrado senhor, logo ali há um casebre. Algum amigo há de lhe abrigar contra a tempestade. Repouse, enquanto vou até aquela casa rija, mais rija do que as pedras sobre as quais foi erguida, que recusou meu ingresso agora mesmo, quando o procurava... Lá retornarei, e tentarei forçar sua pouca cortesia.

LEAR　Meu juízo começa a ruir.

[*Ao Bobo.*]

Venha aqui, meu garoto. Como você está, meu garoto? Está com frio. Eu estou...

[*Ao conde de Kent.*]

Onde é esse casebre, meu camarada? A arte de nossas necessidades é estranha, e torna preciosas as coisas vis. Vamos à sua choupana...

[*Ao Bobo.*]

Pobre bobo cafajeste, uma parte do meu coração tem pena de você.

BOBO　[*Cantando.*]

Quem ainda tem juízo
Em meio à chuva e à ventania
Deve se contentar com sua fortuna,
Por mais que chova todo dia.

LEAR　É verdade, meu garoto...
Vamos à tal da choupana.

[*Saem Lear e o conde de Kent.*]

BOBO   Uma bela noite para refrescar uma cortesã...
Vou dizer uma profecia antes de ir embora...
Quando os padres tiverem mais palavra do que
matéria, quando os cervejeiros diluírem seu
malte com água e os nobres forem os tutores
dos alfaiates, nenhum herege será queimado,
mas quem fizer a corte será culpado. Quando
todo caso for bem julgado e não houver mais
escudeiro endividado ou cavaleiro empobrecido,
quando os fofoqueiros detiverem a língua e os
ladrões evitarem as multidões... Quando os
agiotas forem justos e as rameiras e os cafetões
erguerem igrejas... Então o reino de Albion há
de presenciar muita confusão. E virá o tempo,
e quem estiver vivo para vê-lo terá de usar os
pés. Essa profecia será dita por Merlin, pois vivo
antes de seu tempo.

[*Sai.*]

CENA III.
Uma sala do castelo do conde de Gloucester.

[*Entram o conde de Gloucester e Edmund.*]

GLOUCESTER   Ai, ai, Edmund, não gosto dessas relações
desnaturadas. Quando lhes pedi licença
para ajudá-lo, tiraram-me o uso da minha

	própria casa, obrigando-me — sob pena de eterno desagrado — a nunca mais lhe dirigir a palavra, interceder por ele ou sustentá-lo de maneira nenhuma.
EDMUND	Selvageria em excesso, contra a natureza!
GLOUCESTER	Atenção, não diga nada. Há divisão entre os duques, e algo ainda pior: recebi uma carta hoje à noite... É perigoso falar disso... Tranquei a carta em meu gabinete. Os insultos que o rei anda recebendo serão vingados. Parte de uma armada já tem os pés no país, devemos ficar ao lado do rei. Vou atrás dele e hei de ajudá-lo em segredo. E você, inicie uma conversa com o duque, para que minha caridade não seja notada por ele. Se ele perguntar por mim, fiquei doente e fui para a cama. Caso eu morra em minha missão, já que me ameaçaram de morte, o rei, meu velho senhor, deve ser resgatado. Há algo muito estranho diante de nós, Edmund. Por favor, tenha cuidado.

[*Sai.*]

EDMUND	O duque logo saberá a respeito dessa cortesia proibida, e acerca da carta também... Parece uma justa recompensa o que me trará aquilo que perde meu pai, e muito mais. Os jovens se erguem quando os velhos caem.

[*Sai.*]

CENA IV.
Canto do brejo, com um casebre à vista. A tempestade continua.

[Entram Lear, o conde de Kent e o Bobo.]

KENT — Este é o lugar, meu senhor. Entre, meu bom senhor. A tirania da noite ao relento é dura demais para a natureza humana suportar.

LEAR — Deixe-me sozinho.

KENT — Meu bom senhor, entre.

LEAR — Você quer partir meu coração?

KENT — Quebraria o meu antes. Meu bom senhor, entre.

LEAR — Você acha que é grande coisa essa tempestade irascível invadindo nossa pele? Então é assim que você se sente, mas onde a mais grave doença penetra a mais branda mal é sentida. Você escapa de um urso, mas se, ao fugir, encara o mar enraivecido, prefere enfrentar a fera. Onde a mente é livre, o corpo é delicado: a tempestade em minha mente apaga de meus sentidos todas as outras sensações, à exceção do que pulsa aqui... Ingratidão filial! Essa boca seria capaz de rasgar a mão que lhe fornece a comida? Mas fornecerei eu a punição... Não, não vou mais lamentar... Deixaram-me ao relento em uma noite dessas!... Pode chover, eu aguento... Em uma noite dessas! Ah, Regan, Goneril!... Seu velho e bondoso pai, cujo sincero coração lhes deu tudo... Ah, por ali anda a loucura, deixe-me evitá-la. Chega disso!

KENT
Meu bom senhor, entre aqui.

LEAR
Eu que lhe peço, entre você, procure abrigo. Esse temporal me impedirá de pensar no que mais me dói... Mas vou entrar...

[*Ao Bobo.*]

Para dentro, meu garoto, você primeiro... Pobre sem-teto!... Não, entre. Vou rezar e, depois, dormir.

[*O Bobo entra no casebre.*]

Pobres coitados, nus, onde quer que estejam vocês, suportando a torrente desta impiedosa tempestade, como é que a cabeça de vocês sem teto, suas costelas famintas e seus farrapos esburacados vão protegê-los de intempéries como essa? Ah, eu cuidei tão pouco desse tipo de coisa! Tome seu remédio, luxo, e sinta o que sentem os miseráveis, pois só assim poderá lhes dar o que lhe é supérfluo, e revelar céus mais justos.

EDGAR
[*De dentro.*] Uma braça e meia, uma braça e meia! Zé-ninguém!

[*O Bobo sai correndo do casebre.*]

BOBO
Não entre ali, titio, tem algum espírito lá dentro. Socorro, socorro!

KENT	Dê-me sua... Quem está lá dentro?
BOBO	Um espírito, um espírito, e diz que se chama Zé-ninguém.
KENT	Quem é você que está ruminando a palha? Saia!

[*Entra Edgar, disfarçado de louco.*]

EDGAR	Para fora! O horrível demônio está me seguindo!... O vento gélido sopra através dos arbustos secos... Hmm, vá para sua cama fria se aquecer.
LEAR	Você deu tudo para suas duas filhas? E acabou assim?
EDGAR	Quem dá o que quer que seja para o Zé-ninguém? Pobre coitado que foi arrastado pelo terrível demônio por fogos e chamas, por vales e redemoinhos, sobre brejos e charcos. O capeta colocou facas sob seu travesseiro e cabrestos em seu lugar na igreja, esparramou veneno de rato ao lado do seu mingau e fez com que o orgulho tomasse seu coração, para que ele cruzasse pontes de quatro palmos, trotando em um cavalo baio, de modo a ter a sombra confundida com a de um traidor... Que seus cinco sentidos sejam abençoados!... Zé-ninguém está com frio... Ah, que frio!... Seja abençoado você, para bem longe dos redemoinhos, da influência dos astros, das doenças! Façam uma caridade ao Zé-ninguém, atormentado pelo terrível demônio... Lá está ele, poderia pegá-lo agora... E lá... E de novo ali, e lá.

[*A tempestade continua.*]

LEAR Foram as filhas dele que o deixaram assim?... Você não conseguiu salvar nada? Deu tudo para elas?

BOBO Não, ele guardou um cobertor, senão nós todos ficaríamos com vergonha.

LEAR Que todas as pragas fatais que pairam no ar sobre as faltas humanas recaiam sobre suas filhas!

KENT Ele não tem filhas, meu senhor.

LEAR Morra, traidor! Nada poderia tê-lo colocado em um estado tão baixo além de suas filhas ingratas... Será que é hábito que os pais rejeitados recebam tão pouca piedade da própria carne? Sábia punição! Foi esta carne que pariu aquelas filhas pelicanas.

EDGAR O Pinto pousou no monte Pinto... Alô, alô, looo!

BOBO Essa noite fria vai nos transformar a todos em bobos e loucos.

EDGAR Cuidado com o terrível demônio. Obedeça aos seus pais, mantenha a palavra dada, não jure em vão, não cobice a mulher do próximo, não cubra seu doce coração com as vestes do orgulho. Zé-ninguém está com frio.

LEAR O que você fazia antes?

EDGAR Era um servidor, orgulhoso de mente e coração, que cacheava meus cabelos, usava luvas no chapéu e servia aos desejos do coração da minha amante, e com ela fazia os atos das trevas. Fazia tantas promessas quanto proferia palavras, e quebrei todas diante do doce vislumbre do céu. Eu era aquele que dormia idealizando luxúrias e acordava para executá-las. Amava profundamente o vinho, e me afeiçoava aos dados. Quanto às mulheres, superei em muito os turcos, tinha o coração falso, os ouvidos levianos e a mão sanguinária. Era um porco na preguiça, uma raposa na astúcia, um lobo na cobiça, um cão na loucura, um leão na violência. Não deixem que o ruído dos sapatos ou o farfalhar das sedas entreguem seu pobre coração a uma mulher, mantenham os pés longe dos bordéis, as mãos fora das fendas das saias, a pena longe dos livros dos agiotas, e desafiem o demônio maligno... O vento frio continua a soprar entre os arbustos, fazendo zum, zum, mum, num. Delfim, meu garoto, meu garoto, vamos! Deixe-o trotar.

[*A tempestade continua.*]

LEAR   Ora, você estaria melhor em seu túmulo do que expondo o corpo descoberto às austeridades do céu... Será que o homem se resume a isso? Observem-no bem. Você não deve a seda ao bicho-da-seda, à fera nenhuma pele, a lã à ovelha, o perfume ao gato... Ah, como nós três somos sofisticados! Mas você é o que há de real, um homem sem comodidades não passa de um animal desnudo, pobre e bípede como você...

Chega, chega desses trapos!... Ajudem-me, desabotoem aqui.

[*Rasga as próprias roupas.*]

BOBO Por favor, titio, acalme-se. Está uma noite terrível para nadar... Esse foguinho no meio do campo selvagem parece mais o coração de um velho devasso — uma fagulha em meio ao resto do corpo gelado... Olhem só, aí vem um fogo ambulante.

[*Entra o conde de Gloucester, com uma tocha.*]

EDGAR É o terrível demônio, o Belzebu. Ele surge no toque de recolher e perambula até o cantar do primeiro galo. Ele traz a catarata, faz o olho encolher, e o lábio fender, embolora o trigo branco e machuca as pobres criaturas da Terra.
Por três vezes São Sebastião pisou nas campinas
E encontrou a mula sem cabeça em
meio à estrada.
Pediu que fosse embora, que não lhe ia
fazer nada:
Fora daqui, sua bruxa, fora daqui!

KENT Como está sua graça?

LEAR Quem é ele?

KENT Quem está aí? O que está procurando?

GLOUCESTER Quem são vocês? Como se chamam?

Edgar	Zé-ninguém, que come a rã nadadora, o sapo, o girino, a lagartixa e a salamandra, que na fúria de seu coração, quando o terrível demônio se enraivece, come o estrume da vaca no lugar da salada, engole o rato velho e o cão da sarjeta, bebe o musgo esverdeado da água parada, é chicoteado de paróquia em paróquia, posto no tronco, punido e metido na prisão; ele já teve três vestes no lombo e seis camisas no corpo, já teve cavalo e armas... Mas, por sete longos anos, só comeu ratos, camundongos e corças. Cuidado, meu séquito... Calma, cramulhão, calma, terrível demônio!
Gloucester	Ora, sua graça não tem companhia melhor?
Edgar	O príncipe das trevas é um cavalheiro. É chamado de Asmodeus e Mamon.
Gloucester	Nossa carne e nosso sangue, meu senhor, tornaram-se tão vis que acabam por odiar quem os gerou.
Edgar	Zé-ninguém está com frio.
Gloucester	Venham comigo, meu dever não é capaz de obedecer às terríveis ordens de suas filhas. Embora tenham me dito para trancar minhas portas, deixando que essa tirânica noite o subjugasse, arrisquei-me até aqui para levá-lo a um lugar onde há fogo e comida a seu dispor.
Lear	Mas antes quero falar com este filósofo... Qual é a causa do trovão?

KENT	Meu bom senhor, aceite sua oferta e entre na casa.
LEAR	Só mais uma palavra com este sábio tebano... O que o senhor estuda?
EDGAR	Como incomodar o demônio e matar vermes.
LEAR	Permita-me uma pergunta particular.
KENT	Insista com ele para que vá com o senhor, por favor. Seu juízo começa a ficar transtornado.
GLOUCESTER	Como pode culpá-lo? Suas filhas querem sua morte... Ah, o meu bom Kent!... Ele disse que seria assim... Pobre homem banido!... Você acaba de dizer que o rei está enlouquecendo, mas eu lhe digo, meu camarada, eu mesmo estou quase louco. Tive um filho, agora proscrito de meu sangue. Ele queria me tirar a vida há pouco tempo, pouquíssimo tempo. Eu o amava, meu camarada... Nenhum pai quis mais a um filho, para lhe dizer a verdade...

[*Continua a tempestade.*]

Essa dor acabou com meu juízo...
Que noite terrível essa!... Por favor, sua graça...

LEAR	Ah, implore por perdão, meu senhor... Nobre filósofo, sua companhia.
EDGAR	Zé-ninguém está com frio.
GLOUCESTER	Entre no casebre, meu camarada. Aqueça-se.
LEAR	Vamos entrar todos.
KENT	Por aqui, meu senhor.

LEAR	Vou com ele. Quero ficar com meu filósofo.
KENT	Meu bom senhor, ceda à vontade dele. Deixe que traga o rapaz.
GLOUCESTER	Conduza-o você.
KENT	Venha, rapaz, venha conosco.
LEAR	Venha conosco, meu bom ateniense.
GLOUCESTER	Silêncio, nem mais uma palavra, nem mais uma palavra.
EDGAR	Rolando à torre negra chegou, repetindo sem parar... *Fa, fi, fu, fão, farejo o sangue de homem bretão.*

[*Saem.*]

CENA V.
UMA SALA DO CASTELO DO CONDE DE GLOUCESTER.

[*Entram o duque da Cornualha e Edmund.*]

CORNUALHA	Terei minha vingança antes de sair desta casa.
EDMUND	Ora, meu senhor, estremeço ao pensar que possa ser censurado por trocar a natureza pela lealdade.
CORNUALHA	Agora percebo que não foi apenas a vil disposição de seu irmão que fez com que ele

buscasse sua morte, como também o impulso de alguma recompensa posta em marcha por sua censurável maldade.

EDMUND Como é maliciosa minha fortuna, por ter que me arrepender de ser justo! Esta é a carta de que ele falou, que comprova que era parte da inteligência a serviço da França. Ó, céus! Quem dera sua traição não fosse real... Ou que não fosse eu a descobri-la!

CORNUALHA Venha comigo até a duquesa.

EDMUND Se é verdade o que está escrito neste papel, tem algo poderoso em suas mãos.

CORNUALHA Seja verdade ou não, já o fez conde de Gloucester. Procure saber onde está seu pai, que já estamos prontos para apreendê-lo.

EDMUND [*À parte.*] Se eu encontrá-lo consolando o rei, isso vai aumentar ainda mais as suspeitas sobre ele...

[*Ao duque da Cornualha.*]

Hei de perseverar em meu caminho de lealdade, ainda que o conflito entre ele e meu sangue seja doloroso.

CORNUALHA Depositarei minha confiança em você, e há de achar um pai querido em meu amor.

[*Saem.*]

CENA VI.
Sala da sede de uma fazenda próxima ao castelo.

[*Entram Lear, os condes de Gloucester e Kent, o Bobo e Edgar.*]

GLOUCESTER Aqui está melhor do que lá fora a céu aberto. Aceite com gratidão. Tentarei tornar o lugar mais confortável com o que puder. Não demoro a voltar.

KENT Toda a força de sua razão deu lugar à sua impaciência... Que os deuses recompensem sua bondade!

[*Sai Gloucester.*]

EDGAR O demônio Frateretto me chamou, dizendo que Nero é um pescador no lago da escuridão... Reze, inocente, e cuidado com o terrível demônio.

BOBO Por favor, titio, diga-me se um louco é um cavalheiro ou só um plebeu.

LEAR Um rei, um rei!

BOBO Não, é um plebeu que tem um filho cavalheiro, pois só um plebeu louco é capaz de ver o filho como cavalheiro.

LEAR Como gostaria que mil deles viessem em seu encalço com espetos em brasa...

EDGAR	O terrível demônio está mordendo minhas costas.
BOBO	Louco é aquele que confia na mansidão de um lobo, na saúde de um cavalo, no amor de um menino e nas promessas de uma rameira.
LEAR	Já decidi, vou indiciá-las...

[*A Edgar.*]

Venha, sente-se aqui, sábio juiz...

[*Ao Bobo.*]

E você, sábio senhor, sente-se aqui. Não, vocês, não, raposas!

EDGAR	Olhem, lá está ele com os olhos furiosos!... Está sem olhos para tentar, minha senhora? Cruze a fronteira, Bessy, até mim...
BOBO	[*Cantando.*]

Seu barco furou,
Ela assim se calou
Sem ousar vir até si.

EDGAR	O terrível demônio assombra o pobre Zé-ninguém com a voz de um rouxinol. O Mefistófeles grita dentro do ventre do Zé-ninguém, e pede dois arenques frescos. Pare de rosnar, anjo das trevas, não vou lhe dar comida.

Kent	Como está, meu senhor? Não fique assim tão perplexo. Não prefere se deitar e descansar sobre estas almofadas?
Lear	Vou participar do julgamento antes... Tragam suas testemunhas.

[A Edgar.]

Você, homem da justiça com a toga, tome seu lugar.

[Ao Bobo.]

E você, seu colega, sente-se ao lado dele.

[A Kent.]

E você, juiz comissionado, sente-se também.

Edgar	Vamos agir com justiça. Você vai dormir ou ficar acordado, alegre pastor? Suas ovelhas estão no pasto, e basta um leve toque da sua flauta para livrá-las do mal. Ronron! O gato é acinzentado.
Lear	Processe essa primeiro. Trata-se de Goneril. Tomo juramento diante desta honrada assembleia... Ela chutou o pobre rei, seu pai.
Bobo	Aproxime-se, minha senhora. Seu nome é Goneril?
Lear	Isso ela não pode negar.
Bobo	Peço perdão, pensei que você fosse uma banqueta.

LEAR	E eis a outra, cujos olhares enviesados proclamam de que é composto seu coração... Detenham-na aí!... Armas, armas! Espadas! Fogo!... Corrupção no tribunal!... Falso juiz, por que a deixou escapar?
EDGAR	Benditos sejam seus cinco sentidos!
KENT	Ah, que pena!... Meu senhor, onde está agora a paciência de que tantas vezes o senhor se vangloriou?
EDGAR	[*À parte.*] Minhas lágrimas começam a tomar seu partido de tal modo, que vão acabar com meu disfarce.
LEAR	Todas as cachorrinhas, Traidora, Branca e Docinho, estão latindo para mim.
EDGAR	Zé-ninguém vai dar umas cabeçadas nelas... Fora, vira-latas! Sejam suas bocas pretas ou brancas, há de ter veneno em suas mordidas... Mastim, galgo, vira-lata, cão de caça, spaniel, sabujo, ou qualquer outro cão... Zé-ninguém vai fazê-los gemer e uivar, pois com minhas cabeçadas, os cachorros saltam o postigo e fogem todos. Oa, oa, oa... Chega! Venham, vamos para as quermesses, para as festas, para as feiras. Zé-ninguém, seu cantil está vazio.
LEAR	Que Regan seja dissecada, para ver o que procria seu coração. Há alguma causa na natureza que leva os corações a ser tão duros?...

[*A Edgar.*]

	Meu senhor, você será incluído em meus cem cavaleiros, mas não gosto de suas vestes. Provavelmente, me dirá que são persas, mas me deixe trocá-las.
KENT	Agora, meu bom senhor, deite-se aqui e descanse um pouco.
LEAR	Não faça nenhum barulho, nenhum barulho. Fechem as cortinas. Assim, assim. Vamos cear logo de manhã.
BOBO	E eu irei para a cama ao meio-dia.

[*Entra novamente Gloucester.*]

GLOUCESTER	Venha aqui, meu camarada. Onde está o rei, meu senhor?
KENT	Aqui, meu senhor. Mas não o perturbe... Ele perdeu o juízo.
GLOUCESTER	Meu bom amigo, peço-lhe que o tome nos braços. Ouvi dizer que há um complô para matá-lo. Há uma liteira pronta para ele, coloque-o lá dentro, e vá para Dover, meu amigo, onde irá encontrar acolhida e proteção. Pegue seu mestre, se demorar mais meia hora, a vida dele, a sua e a de todos os outros que o defendem certamente serão perdidas. Leve-o, leve-o, e me siga que lhe mostrarei onde há provisões para que parta sem demora.
KENT	A oprimida natureza dorme... Esse repouso deve ter aliviado a dor de seus nervos em frangalhos,

que só serão curados no momento oportuno...
Venham me ajudar a carregar seu mestre.

[*Ao Bobo.*]

Você não deve ficar para trás.

GLOUCESTER Vamos, vamos embora!

[*Saem os condes de Kent e Gloucester
e o Bobo, carregando Lear.*]

EDGAR Quando vemos nossos melhores suportando nossas dores, nossas misérias não nos parecem tão terríveis. Quem sofre sozinho mais sofre com a mente, deixando a liberdade e alegria para trás. Mas então o pensamento evita as variadas dores, quando a amizade nos ajuda com as mágoas. Como parece leve e suportável meu sofrer, se o que me faz me curvar faz o rei se dobrar. Tornou-se um filho, ao passo que me transformei em pai!... Fuja, Zé-ninguém! Preste atenção aos ruídos altos e se faça conhecer apenas quando a falsa opinião — cuja incorreção o arruinou — seja revogada e lhe traga a justa reconciliação. Não importa o que traga a noite, que o rei escape ileso! Esconda-se, esconda-se.

[*Sai.*]

CENA VII.
Uma sala do castelo do conde de Gloucester.

[*Entram o duque da Cornualha, Regan, Goneril, Edmund e seus criados.*]

CORNUALHA Vá sem demora ao senhor seu marido e lhe mostre esta carta... O exército da França aportou... Procurem o traidor Gloucester.

[*Saem alguns dos criados.*]

REGAN Enforquem-no imediatamente.

GONERIL Arranquem-lhe os olhos!

CORNUALHA Deixem-no para meu desprazer... Edmund, faça companhia à nossa irmã, a vingança que havemos de consumar contra seu pai traiçoeiro não agradará ao seu olhar. Previna o duque de que deve apressar os preparativos, pois faremos o mesmo. As mensagens que trocarmos devem ser ágeis e precisas. Adeus, minha querida irmã... Adeus, meu senhor de Gloucester.

[*Entra Oswald.*]

Afinal, onde está o rei?

OSWALD Meu lorde de Gloucester o tirou daqui. Cerca de trinta e cinco ou trinta e seis de seus cavaleiros, fervorosos à sua procura, encontraram-no nos portões e, assim como outros servos do conde, partiram em direção a Dover, onde dizem ter amigos bem armados.

CORNUALHA   Tragam cavalos para sua senhora.

GONERIL   Adeus, meu honrado senhor, e minha irmã.

CORNUALHA   Edmund, adeus.

[*Saem Goneril, Edmund e Oswald.*]

Saiam à procura do traidor Gloucester. Prendam-no como um ladrão e o tragam diante de nós.

[*Saem outros criados.*]

Embora não possamos dispor de sua vida sem alguma forma de justiça, ainda assim nosso poder deve certa cortesia à nossa ira, que pode ser condenada pelos homens, mas jamais controlada... Quem está aí? O traidor?

[*Os criados voltam, com o conde de Gloucester.*]

REGAN   Raposa ingrata! É ele!

CORNUALHA   Amarrem bem esses braços ressequidos!

GLOUCESTER   O que querem suas graças?... Reflitam bem, meus amigos, vocês são meus hóspedes. Não cometam nenhuma barbaridade, meus camaradas.

CORNUALHA   Amarrem-no, estou dizendo...

[Os criados o amarram.]

REGAN Com mais força, mais força! Ah, traidor imundo!

GLOUCESTER Sendo a mulher sem piedade que
é, não sou traidor.

CORNUALHA Amarrem-no a esta cadeira. Bandido, você há de
entender...

[Regan puxa a barba dele.]

GLOUCESTER Pelos reis dos deuses, que ato mais ignóbil me
puxar pela barba!

REGAN Uma barba tão branca, e de um
tão grande traidor!

GLOUCESTER Mulher vil, esses pelos que você arrancou
de meu queixo vão voltar a crescer, para
acusá-la. Sou seu anfitrião, e com suas mãos
de ladra nunca deveria conspurcar minha
acolhida. O que pretendem?

CORNUALHA Vamos, meu senhor, que cartas recebeu
do rei da França?

REGAN E responda sem rodeios, pois já
sabemos da verdade.

CORNUALHA E que espécie de conspiração tem você com os
traidores, que acabam de pôr os pés no reino?

REGAN Em cujas mãos você colocou o rei
ensandecido. Diga logo.

GLOUCESTER	Tenho uma carta aqui que é pura conjectura, mas que foi escrita por um coração neutro, e não por um opositor.
CORNUALHA	Ardiloso.
REGAN	E mentiroso.
CORNUALHA	Para onde você mandou o rei?
GLOUCESTER	Para Dover.
REGAN	Por que para Dover? Não ordenamos, sob punição...
CORNUALHA	Mas por que para Dover? Deixe-o responder primeiro.
GLOUCESTER	Estou amarrado a uma estaca, e devo aguentar a pena.
REGAN	Por que para Dover, meu senhor?
GLOUCESTER	Porque não queria ver suas unhas cruéis furarem os pobres e velhos olhos dele, nem sua atroz irmã cravar suas presas de porca em sua carne consagrada. O mar, com a tamanha tempestade que ele suportou na cabeça nua, em meio a uma noite infernal, se ergueria, extinguindo os fogos celestiais. Ainda assim, seu pobre coração velho ajudou a chuva com suas lágrimas. Se os lobos pudessem uivar com aquele tempo diante de seus portões, você acabaria por dizer: "Gentil porteiro, vire a chave, chega de crueldade." Mas ainda hei de presenciar a alada vingança se abater sobre filhas como essas.

CORNUALHA	Isso nunca verá!... Homens, segurem a cadeira... Vou pisar nesses seus dois olhos!

[*O conde de Gloucester é preso à cadeira, enquanto o duque da Cornualha arranca um de seus olhos e pisa nele.*]

GLOUCESTER	Que me ajude quem ainda quer viver até a velhice!... Ó, crueldade!... Ó, deuses!
REGAN	Um olho vai zombar do outro. Arranque os dois!
CORNUALHA	Se você vê a vingança...
PRIMEIRO CRIADO	Detenha sua mão, meu senhor. Servi-o desde que era uma criança, mas nunca prestei tão bom serviço quanto lhe pedir que pare.
REGAN	O que é isso, seu vira-lata?
PRIMEIRO CRIADO	Se você tivesse qualquer barba no rosto, eu a agarraria nesta briga. O que pretende fazer?
CORNUALHA	Um de meus servos!

[*Desembainha a espada e avança na direção do criado.*]

PRIMEIRO CRIADO	Ora, venha então, e se arrisque com minha ira!

[*Desembainha. Ambos lutam. O duque da Cornualha é ferido.*]

REGAN   [*A outro criado.*] Dê-me sua espada... Um camponês ousa nos afrontar?

[*Ela toma a espada, avança por trás dele e o apunhala.*]

PRIMEIRO
CRIADO   Ah, fui morto!... Meu senhor, ainda lhe resta um olho, para que veja o dano que lhe causei. Ah!

[*Morre.*]

CORNUALHA   Não se preocupe, vou cuidar para que não veja mais... Fora, geleia vil! Onde está seu brilho agora?

[*Arranca o outro olho do conde de Gloucester e o joga no chão.*]

GLOUCESTER   Tudo escuro e sombrio... Onde está meu filho, Edmund? Edmund, acenda as centelhas da natureza para vingar esse horrendo ato.

REGAN   Fora, bandido traidor! Está chamando alguém que o odeia: foi ele quem nos preveniu de suas traições. Trata-se de alguém bom demais para se compadecer de você.

CORNUALHA   Ah, que loucura! Então Edgar foi caluniado!... Deuses gentis, perdoem-me, façam com que ele prospere!

REGAN	Joguem-no para fora dos portões, e que ele fareje o caminho até Dover... Como está, meu senhor? Como se sente?
CORNUALHA	Fui ferido... Siga-me, minha senhora... Enxotem esse bandido sem olhos... Joguem esse escravo na pilha de estrume... Regan, estou sangrando muito. Como chega em hora errada essa ferida. Dê-me seu braço.

[*Sai o duque da Cornualha, conduzido por Regan. Os criados desamarram o conde de Gloucester e o conduzem para fora.*]

SEGUNDO CRIADO	Não vou mais me importar com minhas maldades se esse homem se curar.
TERCEIRO CRIADO	Se ela viver muito, e encontrar seu fim com uma morte natural, então todas as mulheres virarão monstros.
SEGUNDO CRIADO	Vamos levar o velho conde, e fazer com que o doido do Zé-ninguém o leve aonde quiser. Sua loucura nociva é capaz de tudo.
TERCEIRO CRIADO	Vá você, vou buscar um pouco de linho e claras de ovos para aplicar em seu rosto ensanguentado. Que o céu o proteja!

[*Saem separadamente.*]

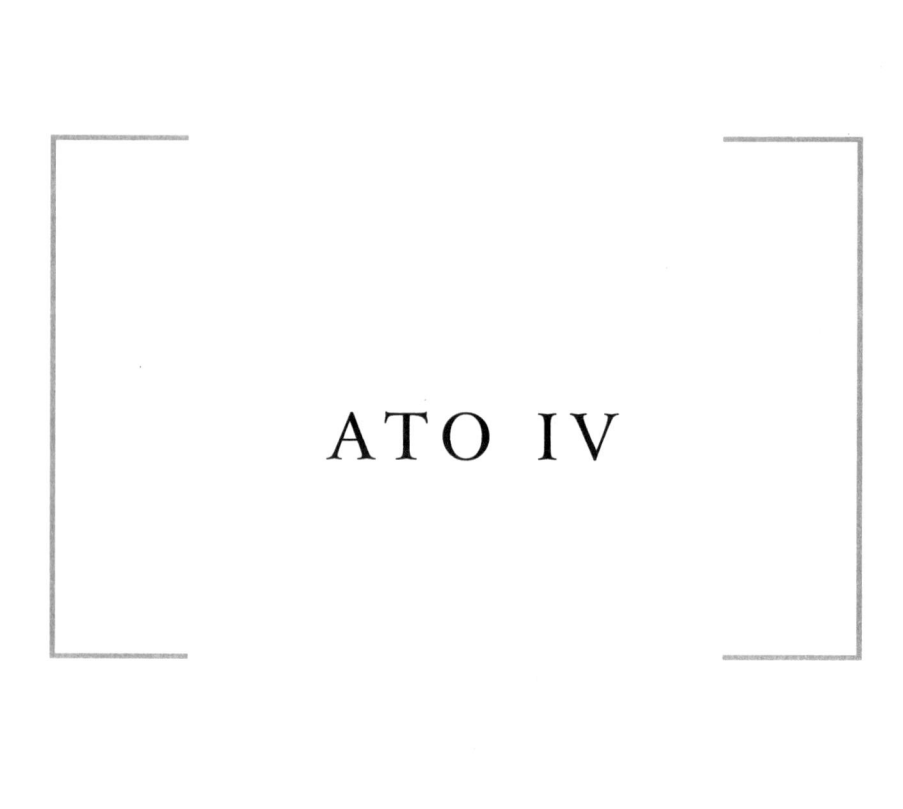

ATO IV

CENA I.
No brejo.

[*Entra Edgar.*]

EDGAR — Sim, melhor assim, sabendo-me desprezado a continuar a ter o desprezo dos outros enquanto sou elogiado. O pior, o mais baixo e abjeto da fortuna ainda perdura na esperança, e não vive no medo. As mudanças lamentáveis advêm do melhor, e o pior se torna motivo de riso. Bem-vindo, então, vento irreal que eu recebo! A miséria que você soprou em algo pior não deve nada a suas tormentas... Mas quem vem lá?

[*Entra o conde de Gloucester, conduzido por um velho.*]

Meu pai, trazido por um pobre?...
Mundo, mundo, ó, mundo! Sem suas estranhas reviravoltas que nos fazem odiá-lo, a vida jamais sucumbiria à velhice.

VELHO — Ó, meu bom senhor, tenho sido arrendatário de seu pai por oitenta anos.

GLOUCESTER	Vá embora, meu bom amigo, pode partir. Seu consolo não há de me fazer nenhum bem. Ele pode até mesmo me ferir.
VELHO	Mas o senhor não é capaz de ver o caminho.
GLOUCESTER	Não há caminho para mim e, por isso, não preciso de olhos. Tropeçava quando enxergava. Quantas vezes nossos meios nos protegem e nossos próprios defeitos nos auxiliam... Ah, meu querido filho Edgar, alimento da fúria de seu enganado pai! Que eu possa viver para vê-lo com meu tato, para que possa dizer que recuperei meus olhos!
VELHO	Ora, ora. Quem está aí?
EDGAR	[À parte.] Ó, deuses! Quem afinal é capaz de dizer: "Cheguei ao fundo do poço"?. Agora, meu poço se tornou mais fundo.
VELHO	É o pobre louco Zé-ninguém.
EDGAR	[À parte.] E o poço se torna mais fundo. Ainda seria capaz de dizer: "Eis então o fundo!".
VELHO	Camarada, aonde está indo?
GLOUCESTER	Quem é, um mendigo?
VELHO	Um louco, e mendigo também.
GLOUCESTER	Deve ter algum juízo, senão não seria capaz de mendigar. Vi-o ontem à noite em meio ao temporal, o que me fez pensar se tratar de um verme. Meu filho me veio à mente no mesmo instante, mas eu ainda não havia feito

	as pazes com ele nesse momento. Ouvi muita coisa desde então. Somos como moscas nas mãos dos meninos para os deuses... Eles nos matam por esporte.
Edgar	[*À parte.*] O que será que aconteceu?... Que triste ofício ter que fingir loucura diante de tanta dor, agredindo a si mesmo e aos outros... Seja abençoado, meu senhor!
Gloucester	É esse o rapaz nu?
Velho	Sim, meu senhor.
Gloucester	Então, por favor, pode ir. Se puder me fazer a gentileza de se juntar a nós daqui a um ou dois quilômetros na estrada para Dover, há de confirmar sua antiga estima. E traga alguma roupa para essa alma desnuda, a quem vou pedir que me guie.
Velho	Ai, meu senhor, mas ele é louco.
Gloucester	É um dos sinais dos tempos quando os loucos guiam os cegos. Faça como lhe peço ou como quiser, mas vá embora, por favor.
Velho	Vou trazer a melhor roupa que tenho, custe o que custar.

[*Sai.*]

Gloucester	Ei, rapaz, camarada desnudo...
Edgar	Zé-ninguém está com frio.

[*À parte.*]

Não consigo mais fingir.

GLOUCESTER Venha até aqui, meu camarada.

EDGAR [*À parte.*] Mas sou obrigado... Que seus olhos sejam abençoados. Estão sangrando.

GLOUCESTER Você conhece o caminho para Dover?

EDGAR Cada escada e portão, trilha e estrada. Zé-ninguém se deixou espantar fora de seu juízo... Abençoado seja, filho de bom homem, para bem longe do terrível demônio! Cinco diabos incorporaram no Zé-ninguém de uma vez só: Oróbias, mestre da luxúria; Haagenti, príncipe da mudez; Mamon, da ladroagem; Asmodeus, do assassínio; e Belzebu, das caretas e dos esgares... que, ultimamente, tem possuído as camareiras e as amas. Por isso, abençoado seja, meu senhor!

GLOUCESTER Aqui, pegue esta bolsa, você que soube se sujeitar a todos os revezes das calamidades celestes. Caindo eu em desgraça, você fica mais feliz!... Ó, céus, continuem a agir assim! Que o homem frívolo e glutão que escraviza suas leis, que se recusa a ver por nada sentir, sinta sem demora seu poder. E, assim, a distribuição acabará com os excessos, e todo homem terá o suficiente... Você conhece Dover?

EDGAR Sim, meu senhor.

GLOUCESTER Há um precipício cujo frontão curvo e alto mira destemido o abismo profundo. Leve-me até a beirada desse despenhadeiro e vou

	compensar sua miséria com um tesouro que trago comigo. Dali em diante, não precisarei que me conduzam.
EDGAR	Dê-me seu braço. Zé-ninguém lhe levará lá.

[*Saem.*]

CENA II.
Diante do palácio do duque de Albany.

[*Entram Goneril e Edmund, seguidos por Oswald.*]

GONERIL	Bem-vindo, meu senhor. Fico espantada que meu meigo marido não nos tenha encontrado no caminho... E então, onde está seu senhor?
OSWALD	Lá dentro, minha senhora, mas nunca vi homem tão mudado. Falei-lhe sobre o exército que acaba de aportar e ele riu. Falei-lhe também que estava vindo, e sua resposta foi: "Nada pior!". Quanto à traição do conde de Gloucester e ao leal serviço de seu filho, quando o informei, chamou-me de idiota e me disse que eu tinha feito tudo ao contrário... Ele parece detestar tudo que deveria lhe ser agradável, e gostar do que é ofensivo.
GONERIL	[*A Edmund.*] É melhor não ir adiante. É o medo covarde de seu espírito que não o deixa ousar se arriscar. Ele não há de reagir aos

insultos que o levariam a uma retaliação. Nesse meio-tempo, talvez nossos desejos encontrem seus fins. Edmund, volte ao meu irmão, apresse seus soldados e conduza suas tropas. Vou trocar as armas em minha casa e passar o tear para meu marido. Esse criado leal se encarregará de nossa comunicação. Em pouco tempo você ouvirá o comando de uma dama, se ousar se arriscar em seu próprio favor. [Dá-lhe um presente.] Vista isso, não fale demais, baixe seu rosto. Este beijo, se ousasse falar, ergueria seu espírito nos ares... Entenda o que digo, e adeus!

EDMUND Sempre seu nas fileiras da morte!

[*Edmund sai.*]

GONERIL Meu queridíssimo conde de Gloucester. Ah, que diferença entre um homem e outro! Os serviços de uma mulher têm real valor para ele. Um bobo usurpa meu corpo.

OSWALD Senhora, meu mestre está chegando.

[*Sai. Entra Albany.*]

GONERIL Ah, então mereço um assobio!

ALBANY Ah, Goneril! Você não vale a poeira que um vento grosseiro sopra em seu rosto! Tenho medo de seu caráter: a natureza que faz pouco de sua origem não é capaz de se conter com segurança. Aquela que se descola e se desprende

	da própria seiva certamente secará por servir a fins funestos.
Goneril	Chega desse tolo sermão!
Albany	A sabedoria e a bondade parecem vis aos bandidos. A imundície só é apreciada pelo imundo. O que você fez? São tigresas, e não filhas. O que perpetraram? Um pai, um velho gentil, cuja reverência até mesmo um urso acorrentado bajularia... E vocês, bárbaras e degeneradas, enlouqueceram-no. Teria meu irmão permitido fazê-lo? Um homem, um príncipe, tão agraciado por ele! Se os céus não enviarem logo seus espíritos visíveis à terra para punir esses crimes vis, há de chegar o dia em que os homens vão atacar os próprios homens, como monstros da profundidade.
Goneril	Homem covarde! Que só tem face para oferecê-la às bofetadas e cabeça que suporte ofensas, que não tem olhos para distinguir sua honra de seu sofrimento, que não percebe que só os tolos têm compaixão dos bandidos que são punidos antes de seu crime. Onde está seu tambor? O rei da França já está hasteando suas bandeiras em nossa terra silenciosa e, com seu elmo emplumado, seu carrasco já começa a ameaçá-lo. Enquanto isso, tolo moralista, você fica aí parado, gritando aos quatro cantos: "Ai, por que ele fez isso?".

ALBANY Olhe para si mesma, demônio! Nem no diabo a deformidade é tão hedionda quanto em uma mulher.

GONERIL Ah, tolo estúpido!

ALBANY Coisa perversa e vergonhosa! Seus traços não mostram sua monstruosidade! Se coubesse a mim deixar estas mãos obedecerem a meu fervor, elas logo deslocariam e rasgariam a sua carne e seus ossos... Mas você é um demônio, e a forma feminina lhe serve de escudo.

GONERIL Pela virgem... Quanta virilidade! Miau!

[*Entra um mensageiro.*]

ALBANY Quais são as novas?

MENSAGEIRO Ah, meu bom senhor, o duque da Cornualha está morto, assassinado pelo próprio criado quando estava prestes a arrancar o outro olho do conde de Gloucester.

ALBANY Os olhos do conde de Gloucester?

MENSAGEIRO Um de seus criados, tomado pelo remorso, opôs-se ao ato, apontando a espada para seu grande senhor, que, enraivecido com tamanha insolência, atacou-o, fazendo com que caísse morto entre eles, não sem antes desferir o golpe fatal que ceifou a vida do duque mais tarde.

ALBANY Isso mostra que vocês estão acima de nós, ó, juízes, tamanha a rapidez com que vingam nossos crimes mundanos. Mas, ó, pobre conde de Gloucester! Ele perdeu o outro olho?

Mensageiro	Ambos, meu senhor, ambos... Esta carta, minha senhora, vinda de sua irmã, pede uma resposta urgente.
Goneril	[*À parte.*] De certo modo, isso me agrada. Sendo viúva, e meu Gloucester ao seu lado, toda a construção de minha fantasia há de ruir, soterrando minha odiosa vida. A notícia não é tão terrível... Vou ler a carta e responder.

[*Sai.*]

Albany	E seu filho estava onde quando lhe arrancaram os olhos?
Mensageiro	Veio com minha senhora.
Albany	Ele não está aqui.
Mensageiro	Não, meu bom senhor, encontrei com ele em seu retorno.
Albany	Ele sabe dessa perversidade?
Mensageiro	Sim, meu bom senhor. Foi ele quem o denunciou. E saiu de casa de propósito, para que sua punição se desse com mais liberdade.
Albany	Gloucester, hei de viver para lhe agradecer o amor que demonstrou pelo rei e vingar seus olhos... Ande, meu amigo, conte mais sobre o que sabe.

[*Saem.*]

CENA III.
ACAMPAMENTO FRANCÊS PERTO DE DOVER.

[*Entram Kent e um cavalheiro.*]

KENT	Por que o rei da França voltou tão subitamente, você sabe?
CAVALHEIRO	Alguma pendência que ele deixou no país, que desde que chegou o preocupava e que traz tanto medo e perigo ao reino que seu retorno em pessoa se fazia urgente e imprescindível.
KENT	E quem ele deixou como general na França?
CAVALHEIRO	O marechal do país, monsieur La Far.
KENT	As cartas arrancaram da rainha alguma demonstração de dor?
CAVALHEIRO	Sim, senhor. Ela as tomou de minhas mãos e leu em minha presença. De quando em quando, uma grossa lágrima trilhava suas delicadas faces. Parecia uma rainha lutando contra sua paixão que, como um rebelde, tentava governá-la.
KENT	Ah, então ela se comoveu.
CAVALHEIRO	Mas sem se deixar tomar pela ira. Paciência e dor se esforçaram para tomar a dianteira. O senhor já viu sol e chuva ao mesmo tempo; assim eram seus sorrisos e lágrimas, mas se assemelhando a um belo dia. Os felizes sorrisinhos que brincavam em seus tenros lábios pareciam desconhecer que hóspedes se alojavam

	em seus olhos que, logo, caíram como pérolas que vertiam diamantes... Em suma, as mágoas seriam uma raridade muito apreciada se todas se tornassem tamanho espetáculo.
Kent	Mas ela não disse nada?
Cavalheiro	Dou-lhe minha palavra, suspirou uma ou duas vezes a palavra "pai" com tamanha força que lhe parecia oprimir o peito. E exclamou "Irmãs, irmãs! Damas vergonhosas! Kent! Pai! Irmãs! O quê, em meio ao temporal? À noite? Não se pode crer mais na compaixão?"... E foi então que deixou cair a água benta de seus olhos celestiais, ungindo-a em seu clamor. Então, saiu para lidar com sua dor sozinha.
Kent	São as estrelas, as estrelas sobre nós que governam nossa disposição. Se não fosse isso, nunca um casal daria à luz tão diferentes crias. Você não falou com ela desde então?
Cavalheiro	Não.
Kent	Isso foi antes do retorno do rei?
Cavalheiro	Não, depois.
Kent	Muito bem, meu senhor, o pobre e aflito Lear está na cidade. Às vezes, melhorando de seu juízo, lembra-se do motivo de nossa vinda, mas de maneira nenhuma aceita ver a filha.
Cavalheiro	Por quê, meu bom senhor?
Kent	Uma vergonha soberana o detém: a própria intransigência, que a despiu de suas bênçãos, lançando-a ao exílio, entregando seus direitos

	mais caros àquelas filhas com corações de cão... Essas coisas envenenam de tal maneira sua mente que sua vergonha febril o mantém distante de Cordélia.
CAVALHEIRO	Ai, pobre homem.
KENT	Não ouviu nada a respeito das tropas dos duques da Cornualha e de Albany?
CAVALHEIRO	Sim, já estão a caminho.
KENT	Muito bem, meu senhor, vou levá-lo a nosso mestre, Lear, e deixá-lo cuidando dele. Determinada causa importante há de me manter ainda algum tempo disfarçado. Quando souber quem sou, não vai se arrepender de ter me ajudado. Por favor, venha comigo.

[*Saem.*]

CENA IV.
ACAMPAMENTO FRANCÊS. UMA BARRACA.

[*Entram Cordélia, o Médico e alguns soldados.*]

CORDÉLIA	Ai, é ele. Acabaram de vê-lo, louco como o mar revolto, cantando alto, coroado com fumárias fedorentas, cicuta, urtiga, bardanas, cardamomos, joio e todo tipo de mato que cresce em nossos campos da Cornualha...

Enviem uma centúria, procurem em cada acre
da vasta plantação e o tragam até mim.

[*Sai um soldado.*]

O que há na sabedoria humana capaz de
restaurar seu espoliado juízo? Aquele que o
ajudar terá todas as minhas riquezas visíveis.

Médico — Há meios, minha senhora. A mais zelosa
enfermeira da natureza é o repouso, e lhe
falta justamente isso. Para retomá-lo, há
muitas ervas eficazes, cujo poder há de fechar
os olhos da angústia.

Cordélia — Todos os abençoados segredos, todas as virtudes
ocultas da terra, surjam com minhas lágrimas!
Ajudem e remedeiem a aflição desse bom
homem!... Vão à sua procura, busquem-no, antes
que sua ira desgovernada lhe dissolva a vida que
não tem meios de se guiar por si própria.

[*Entra um mensageiro.*]

Mensageiro — Tenho notícias, minha senhora. As tropas
britânicas marcham em nossa direção.

Cordélia — Disso já sabíamos, e estamos a postos
aguardando sua chegada... Ó, meu querido pai,
é com suas coisas que me ocupo. E, por isso, o
grande rei da França teve compaixão de minha
dor e de minhas lágrimas suplicantes. Não é
uma vã ambição que incita nossas armas, e sim o

amor, o querido amor, e o direito de nosso idoso pai. Que eu possa ouvi-lo e vê-lo em breve!

[*Saem.*]

CENA V.
UMA SALA DO CASTELO DO CONDE DE GLOUCESTER.

[*Entram Regan e Oswald.*]

REGAN   Mas as tropas do meu irmão já avançam?

OSWALD   Sim, minha senhora.

REGAN   Ele está lá em pessoa?

OSWALD   Com muita confusão, minha senhora. Sua irmã é um soldado melhor.

REGAN   Lorde Edmund não conversou com seu senhor no castelo?

OSWALD   Não, minha senhora.

REGAN   De que trata a carta que minha irmã lhe enviou?

OSWALD   Não sei, minha senhora.

REGAN   Palavra de honra, ele deve ter partido às pressas por algum motivo grave. Foi muito imprudente deixar Gloucester vivo, com os olhos arrancados. Aonde quer que ele chegue, comove qualquer coração contra nós. Acredito que Edmund tenha partido por compaixão de sua miséria, para dar cabo de sua vida sombria. Além disso, para sondar o poder inimigo.

OSWALD Minha senhora, devo segui-lo e entregar a carta.

REGAN Nossas tropas partem amanhã. Fique conosco. O caminho é perigoso.

OSWALD Não posso, minha senhora. Tenho que cumprir a obrigação que minha mestra me incumbiu.

REGAN Mas por que motivo teria ela escrito a Edmund? Será que pode me dizer quais são suas intenções com palavras? Há algo suspeito... Não sei o quê... Vou agradecê-lo tanto... Deixe-me abrir a carta...

OSWALD Minha senhora, prefeririria...

REGAN Sei que sua senhora não ama o marido, tenho certeza disso. E ultimamente ela vinha lançando olhares muito comunicativos e piscadelas bizarras ao nobre Edmund. Sei que você é seu confidente...

OSWALD Eu, minha senhora?

REGAN Sei do que estou falando. Você é, eu tenho certeza. Por isso, ouça meu conselho e tome nota: meu senhor está morto. Edmund e eu tivemos uma conversa. E é mais conveniente para ele tomar a minha mão do que a mão de sua senhora... Você há de entender o resto. Se encontrá-lo, por favor, dê-lhe isto. E quando sua senhora ouvir tais coisas, peço-lhe que a convide a ouvir a voz da razão. Adeus, então.

Se por acaso ouvir algo acerca
daquele traidor cego, será favorecido
aquele que o aniquilar.

OSWALD   Quem me dera encontrá-lo, minha senhora!
Assim, mostraria de que lado estou.

REGAN   Adeus.

[*Saem.*]

CENA VI.
CAMPO PERTO DE DOVER.

[*Entram o conde de Gloucester e Edgar, vestido de camponês.*]

GLOUCESTER   Quando chegarei ao topo daquela colina?

EDGAR   Já a estamos escalando. Atenção, não sente nosso esforço?

GLOUCESTER   Parece-me que estou no plano.

EDGAR   É terrivelmente íngreme. Ei, não está ouvindo o mar?

GLOUCESTER   Sinceramente, não!

EDGAR   Ora, então, talvez seus outros sentidos tenham sido prejudicados pela dor de seus olhos.

GLOUCESTER	É bem provável. Acho sua voz alterada, e você começa a se expressar com fraseado e conteúdo melhores do que antes.
EDGAR	O senhor está redondamente enganado. Não mudei nada, à exceção de minhas vestes.
GLOUCESTER	Vejo-o falando melhor.
EDGAR	Venha, meu senhor. Eis o lugar... Não se mexa... Como é assustador e vertiginoso olhar para tamanha profundidade! Os corvos e as gralhas que sobrevoam à meia altura parecem minúsculos besouros, no mesmo ponto onde um homem, pendurado, colhe a salsa... Que ofício tenebroso! Ele não parece ser maior do que a própria cabeça. Os pescadores na praia parecem camundongos, e ao fundo, uma barca ancorada se assemelha a um bote, e o bote, a uma boia, quase impossível de ser avistada. O murmurar da maré que castiga os pedregulhos inertes mal se ouve destas alturas... Não vou mais olhar, minha mente pode se entregar à vertigem, e minha visão deficiente é capaz de me fazer cair de cabeça.
GLOUCESTER	Coloque-me onde está você.
EDGAR	Dê-me sua mão... Agora, você está a um pé da borda. Eu não daria um passo à frente por nada que existe sob a Lua.

GLOUCESTER	Solte minha mão. Aqui, meu camarada, pegue esta outra bolsa. Nela há uma joia na qual qualquer pobre homem se contentaria em pôr as mãos. Que as fadas e os deuses a façam prosperar em suas mãos! Agora, afaste-se, dê-me seu adeus e me permita ouvir seus passos indo embora.
EDGAR	Então adeus, meu bom senhor.

[*Finge partir.*]

GLOUCESTER	Com todo o meu coração.
EDGAR	[*À parte.*] Brinco assim com seu desespero apenas para curá-lo.
GLOUCESTER	Ó, poderosos deuses! Renuncio a este mundo e, diante de seus olhos, com toda a paciência lanço afora minha grande aflição. Se pudesse suportá-la por mais tempo, sem questionar suas vontades incontestáveis, qualquer vestígio do fogo sórdido de minha natureza se apagaria. Se Edgar ainda está vivo, ó deuses, abençoem-no!... Agora, meu camarada, adeus.
EDGAR	Vá, meu senhor... Adeus!

[*O conde de Gloucester pula, e cai no chão.*]

Ainda não sei como uma fantasia pode ser capaz de roubar o tesouro da vida, quando a própria vida renuncia ao fim. Se ele estivesse realmente onde pensava estar, seu pensamento já teria passado desta para melhor... Está vivo ou morto?

Ei, meu senhor! Amigo! Está me ouvindo,
meu senhor?... Diga alguma coisa!... Será que
não passou mesmo?... Não, está revivendo...
Quem é o senhor?

GLOUCESTER Vá embora, deixe-me morrer.

EDGAR Ainda que fosse teia de aranha, penas ou ar,
se tivesse despencado desfiladeiro abaixo,
teria se espatifado como um ovo. Mas está
respirando, tem o corpo intacto, não sangra,
está falando e são. Dez mastros superpostos não
somam a altitude da qual caiu. Sua vida é um
milagre... Fale novamente.

GLOUCESTER Mas eu caí ou não?

EDGAR Caiu do terrível pico dessas rochas de calcário.
Olhe lá para cima... A cotovia estridente está
tão longe que não a podemos ver ou ouvir. Olhe
para cima, vamos!

GLOUCESTER Ai de mim, não tenho olhos... A miséria é
privada do benefício de se extinguir com a
morte? Ainda tinha algum consolo quando
a desgraça era capaz de iludir a ira do tirano,
frustrando-lhe o orgulho.

EDGAR Dê-me seu braço. Levante-se... Assim... Como
está? Sente suas pernas? Está em pé, pelo menos.

GLOUCESTER Estou bem, estou bem.

EDGAR Tudo isso é estranho demais. O que era
aquela coisa que se separou do senhor
do alto do penhasco?

GLOUCESTER Um pobre e desafortunado mendigo.

EDGAR	Daqui de baixo, onde eu estava, pareceu-me que seus olhos eram duas luas cheias. Ele tinha mil narizes, chifres torcidos e ondulados como o mar bravio. Era algum demônio, mas o senhor, jubiloso pai, sabe muito bem que os deuses mais puros — que fazem o impossível em honra aos homens — o salvaram.
GLOUCESTER	Agora me lembro. Daqui em diante vou suportar a aflição até que ela própria grite: "Basta, basta", e morra por si mesma. A coisa de que me falou me parecia ser um homem, e dizia a toda hora: "O demônio, o demônio"... Foi ela quem me levou até aquele lugar.
EDGAR	Procure ter pensamentos calmos e pacientes... Mas quem vem lá?

[*Entra Lear, bizarramente vestido com flores.*]

	Um juízo são jamais vestiria seu senhor dessa maneira.
LEAR	Não, eles não podem me condenar por cunhar dinheiro, eu sou o rei.
EDGAR	Ah, que visão dolorosa!
LEAR	Nesse respeito, a natureza está acima da arte... Aqui está seu dinheiro prensado. Aquele camarada maneja o arco como um espantalho. Puxe-o com mais força... Olhe, olhe, um rato! Calma, calma... Esse pedaço de queijo tostado vai dar certo. Aqui está minha luva, vou

experimentá-la em um gigante... Tragam as lanças. Ah, que belo voo, pássaro!... Bem no alvo, no alvo!... Qual é a senha?

EDGAR Manjerona doce.

LEAR Pode passar.

GLOUCESTER Eu conheço essa voz.

LEAR Rá, Goneril com uma barba branca!... Lisonjearam-me como cães, dizendo-me que eu tinha fios brancos em minha barba antes mesmo que os fios pretos lá estivessem. Diziam "sim" e "não" para tudo que eu dizia!... "Sim" e "não" não eram uma boa teologia. Quando a chuva veio me molhar de uma só vez e o vento me fez trincar os dentes, quando o trovão não se acalmou ao meu comando, foi então que os encontrei, foi então que os farejei. Fora com eles, não têm palavra. Disseram-me que eu era tudo. Mentira, não sou imune às doenças.

GLOUCESTER Lembro-me desse timbre de voz. Não é o rei?

LEAR Sim, em cada centímetro um rei. Quando eu os encaro, não vê meus súditos tremendo? Perdoo a vida daquele homem... Qual foi seu crime?... Adultério?... Não deve morrer, morrer por adultério! Não! Até mesmo o rouxinol comete adultério, e a mosca-varejeira copula diante de mim. Deixem o coito livre, pois o bastardo do conde de Gloucester foi mais gentil com seu pai do que minhas filhas, geradas entre lençóis legítimos. Luxúria, confusão, avante, pois me faltam soldados... Vejam só essa dama com seu sorriso afetado, cujo rosto anuncia neve entre as pernas e esmaga a virtude e assente com a cabeça quando ouve a palavra prazer... Nem a doninha nem a égua irrequieta se lançam com mais fogoso apetite. São centauros da cintura para baixo, mesmo sendo mulheres na parte de cima. Do ventre para cima, são dos deuses; para baixo, é o demônio que comanda, nada além de inferno e trevas, um poço sulfuroso queimando, escaldante, fétido e arruinado! Credo, credo, argh, argh! Traga-me um pouco de almíscar, meu bom boticário, para adoçar minha imaginação, eis aqui o dinheiro.

GLOUCESTER Ah, deixe-me beijar essa mão!

LEAR Vou limpá-la primeiro. Ela cheira a mortalidade.

GLOUCESTER Ah, parte arruinada da natureza! O grande mundo vai acabar em nada... Você me conhece?

LEAR Lembro-me muito bem dos seus olhos. Você está me olhando de soslaio? Não, pode fazer o melhor que puder, Cupido cego, não vou me apaixonar... Leia este ultimato, mas preste atenção à caligrafia.

GLOUCESTER Ainda que todas as palavras fossem sóis, não poderia ver nem uma sequer.

EDGAR Se alguém me relatasse, não acreditaria, e meu coração se parte ao presenciar tal coisa.

LEAR Leia.

GLOUCESTER	O quê, com os buracos dos olhos?
LEAR	Ah, ó, você está aqui comigo? Não há olhos em seu rosto, nem dinheiro em sua bolsa? Seus olhos estão esburacados, sua bolsa está aliviada e, ainda assim, você vê como anda este mundo.
GLOUCESTER	Vejo tateando-o.
LEAR	O quê, está louco? Um homem consegue ver como anda o mundo sem olhos. Olhe com seus ouvidos, veja como aquele juiz ralha com aquele pobre ladrão. Ouça com os ouvidos, troque de lugar com os outros e escolha a mão certa: quem é o juiz, quem é o ladrão?... Você já viu um cão de fazenda ladrar contra um mendigo?
GLOUCESTER	Sim, meu senhor.
LEAR	E viu a criatura correr do vira-lata? É aí que se vê a grande imagem da autoridade, um cão obedecido em seu ofício... Pároco miserável, detenha sua mão sangrenta! Por que está açoitando essa rameira? Esfole as próprias costas, isso sim. A mão que usa contra ela é a mesma que cobiça seu corpo. O agiota leva o caloteiro à forca. Por trás das vestes rasgadas é que aparecem os pequenos vícios; belas roupas e peles é que os escondem. Banhe de ouro os pecados, e a forte lança da justiça há de quebrar sem os ferir. Mas se os cobrir de farrapos, até mesmo o espeto de um pigmeu é capaz de perfurá-los. Ninguém tem pecados, ninguém... Estou

dizendo ninguém, hei de absolvê-los.
Ouça o que digo, meu camarada, pois
tenho o poder de selar os lábios do
acusador. Arranje uns olhos de vidro
e então, como um político desprezível,
finja ver aquilo que não vê... Agora, agora,
agora, agora, tirem minhas botas. Com
mais força, mais força... Assim.

EDGAR Ah, senso e impertinência
misturados! Razão na loucura!

LEAR Se quiser chorar meus infortúnios, pegue meus
olhos. Eu o conheço muito bem. Seu nome é
Gloucester. Você deve ser paciente, chegamos
até aqui chorando. E você sabe bem que assim
que respirarmos, havemos de chorar e gemer...
Rogo-lhe: preste atenção.

GLOUCESTER Ai de mim, que dia!

LEAR Quando nascemos, choramos por chegar
a este grande palco de tolos... Que belo
chapéu!... Seria um estratagema bastante
sutil forrar uma tropa de cavalos com
feltro. Vou pôr minha teoria à prova e,
quando conseguir me infiltrar em meio
àqueles genros, então vou matar, matar,
matar, matar, matar, matar!

[*Entram um cavalheiro e seus criados.*]

CAVALHEIRO Ah, aqui está ele, segurem-no... Meu senhor, sua
querida filha...

LEAR	Ninguém me socorre? O quê, sou prisioneiro? Sou mesmo um tolo à mercê da fortuna... Não me maltratem, e conseguirão um bom resgate. Tragam-me cirurgiões, fui ferido no cérebro.
CAVALHEIRO	Terá tudo o que quiser.
LEAR	Ninguém me ajuda? Estou só? Ora, bastaria isso para que um homem se tornasse um choramingas, que usasse os olhos como regadores, sim, dando fim à poeira do outono.
CAVALHEIRO	Meu bom senhor...
LEAR	Vou morrer elegante, como um noivo empertigado. Ora, quero estar jovial. Venham, venham, meus mestres, saibam que sou um rei.
CAVALHEIRO	O senhor é a majestade, e nós o obedecemos.
LEAR	Então, ainda há vida! Não, se querem agarrar sua majestade, vão ter que correr. Lá, lá, lá, lá!

[*Sai correndo. O séquito o segue.*]

CAVALHEIRO	Ah, que visão lamentável, um coitado desses... Ninguém diria que é um rei!... Você tem uma filha que redime a natureza da maldição que as outras duas nela lançaram.
EDGAR	Sim, gentil senhor.
CAVALHEIRO	Meu senhor, rápido. O que deseja?
EDGAR	O senhor ouviu falar da iminente batalha?
CAVALHEIRO	É coisa certa e conhecida. Todos os que têm ouvidos já ouviram os rumores.

EDGAR	Mas, por favor, o senhor sabe se o outro exército está perto?
CAVALHEIRO	Sim, e avança com rapidez. As tropas estarão à vista em cerca de uma hora.
EDGAR	Obrigado, meu senhor. Era só isso.
CAVALHEIRO	Mesmo que a rainha, por um motivo especial, ainda se encontre aqui, seu exército avança.
EDGAR	Obrigado, senhor.

[*O cavalheiro sai.*]

GLOUCESTER	Ó, deuses eternamente gentis, tirem-me o sopro da vida. Não deixem que meu espírito nocivo me tente uma vez mais a uma morte anterior à sua vontade!
EDGAR	Orou muito bem, meu pai!
GLOUCESTER	E então, quem é o senhor?
EDGAR	Um homem paupérrimo, serenado pelos golpes da fortuna e que, por mágoas conhecidas e vividas, encontra-se tomado pela piedade. Dê-me sua mão, vou levá-lo a um abrigo.
GLOUCESTER	Agradeço-lhe de coração. Que as bênçãos e as graças do céu lhe recompensem!

[*Entra Oswald.*]

OSWALD	Que prêmio inigualável! Que felicidade! Essa sua cabeça sem olhos se materializou para erigir

	minha fortuna... Velho infeliz e traidor, evoque sua vida... A espada já foi erguida para destruí-lo.
Gloucester	Ponha toda a força necessária em sua mão amiga.

[*Edgar se coloca entre os dois.*]

Oswald	Ora essa, camponês atrevido, como ousa defender um conhecido traidor? Para longe, antes que o infortúnio deste aqui o contamine também. Largue esse braço!
Edgar	Não o largarei, meu senhor, sem um bom motivo.
Oswald	Largue, escravo, ou vai morrer.
Edgar	Meu bom cavalheiro, tome seu caminho e deixe esse pobre passar. Se promessas fossem capazes de me tirar a vida, eu já teria morrido há mais de quinze dias. Nem pense em chegar perto do velho, vá embora, estou avisando. Ou suas costas vão descobrir qual é a parte mais dura do meu porrete. Estou sendo claro?
Oswald	Fora, pilha de estrume.
Edgar	Vou palitar seus dentes, meu senhor. Venha! Não me importo com suas estocadas.

[*Lutam, e Edgar derruba Oswald.*]

OSWALD Escravo, você me matou... Bandido, pegue minha bolsa. Se quer prosperar, enterre meu corpo e entregue as cartas que encontrar comigo a Edmund, conde de Gloucester. Procure-o em meio às tropas britânicas. Ó, morte precoce!

[*Morre.*]

EDGAR Eu o conheço bem, não passa de um bandido servil, tão dedicado aos vícios de sua senhora quanto o demônio haveria de desejar.

GLOUCESTER O que aconteceu? Ele está morto?

EDGAR Sente-se, meu pai, descanse... Vamos ver seus bolsos, as cartas que ele mencionou podem ser de grande ajuda... Está morto, apenas sinto que não tenha tido outro carrasco. Vamos ver... Abra, lacre gentil, e que os escrúpulos não nos culpem. Para conhecer a mente de nossos inimigos, teríamos que abrir o coração deles. Abrir suas cartas é mais lícito.

[*Lê.*]

"Lembremo-nos de nossos votos recíprocos. Você terá muitas oportunidades para aniquilá-los: se sua vontade não se opuser, haverá muitas ofertas de tempo e lugar. Não há nenhuma vantagem se ele voltar vitorioso: serei então sua prisioneira, e sua cama será minha cela, de cujo calor abominável você deve me libertar, provendo aí o lugar para seu próprio ofício.
Sua afetuosa criada (preferiria dizer esposa),

Goneril"

Ah, como é amplo o espaço do desejo feminino!
Um complô contra a vida de seu virtuoso
esposo, desposando meu irmão em seu lugar!...
Dar-lhe-ei sepultura nestas areias, sítio profano
de assassinos devassos. E, quando for o tempo,
com esta carta execrável, afrontarei o olhar do
duque cuja morte já foi planejada. E serei capaz
de lhe informar de sua morte e de seu intento.

[*Sai arrastando o corpo.*]

GLOUCESTER   O rei está louco, e meu juízo continua obstinado,
ainda desperto e sensível a minhas vastas
mágoas! Preferiria a insanidade, assim meus
pensamentos se afastariam de minha dor
e, em meio às minhas fantasias, perderia a
consciência de meu sofrimento.

EDGAR   Dê-me sua mão. [*Tambor ao longe.*]
Acredito estar ouvindo o toque de um tambor.
Venha, meu pai, vou confiá-lo a um amigo.

[*Saem.*]

CENA VII.
Uma barraca no acampamento francês.

[*Rei Lear em uma cama, dormindo. Música calma ao fundo. O médico, um cavalheiro e outros cuidam dele. Entram Cordélia e o conde de Kent.*]

CORDÉLIA   Ah, meu bom Kent, como posso viver e agir para ficar à altura de sua devoção? Minha vida será curta demais, e qualquer ato meu estará longe do que fez.

KENT   Sua gratidão, minha senhora, já é paga demais. Meu relato vai com a modesta verdade, sem omissões ou acréscimos.

CORDÉLIA   Vista algo melhor, esses trajes são lembranças das horas infelizes. Jogue-os fora, por favor.

KENT   Perdão, minha senhora, mas revelar nesse momento quem sou há de frustrar meus planos. Peço-lhe que não revele que sabe quem sou até o momento em que eu achar adequado.

CORDÉLIA   Assim será, meu bom senhor.

[*Ao médico.*]

Como está o rei?

MÉDICO   Continua a dormir, minha senhora.

Cordélia	Ó, grandes deuses, curem a grande brecha em seu corpo maltratado! Que os sentidos dissonantes e agitados deste pai tornado filho sejam alinhados!
Médico	Sua majestade quer que acordemos o rei? Ele já dormiu bastante.
Cordélia	Deixe que seu conhecimento o governe e siga a própria vontade. Já trocaram suas roupas?
Cavalheiro	Sim, minha senhora. Dormia profundamente quando o vestimos com trajes limpos.
Médico	Fique perto, minha senhora, enquanto o acordamos. Tenho certeza de que estará bem.
Cordélia	Muito bem.
Médico	Mais perto, por favor... Aumentem a música!
Cordélia	Ah, meu pai querido! Que seu restabelecimento se dê com o remédio de meus lábios, deixando que este beijo cure os violentos danos que minhas duas irmãs fizeram à sua reverência!
Kent	Gentil e querida princesa!
Cordélia	Ainda que não fosse pai delas, esses cachos brancos lhes demandariam piedade. É este um rosto para expor a ventos beligerantes? Para encarar o profundo rugir do terrível raio? Em meio ao mais tenebroso e fugaz trovão? Para vigiar... pobre sentinela!... Com este fino elmo? O cão de meu inimigo, mesmo tendo me atacado, teria acolhida junto ao meu fogo. E o senhor, meu pobre pai,

teve que se abrigar em um casebre com
os porcos, os indesejados e os esquecidos
em um montículo de palha embolorada?
Ai, ai... É de se espantar que sua vida e seu
juízo não tenham se dissipado de vez... Ele
está acordando. Fale com ele.

MÉDICO   É mais indicado que fale a senhora.

CORDÉLIA   Como está meu senhor real? Como
passou sua majestade?

LEAR   Fez mal em me tirar do túmulo... Você é uma
alma em êxtase, mas eu estou preso a uma roda
de fogo, que minhas próprias lágrimas escaldam
como chumbo fundido.

CORDÉLIA   Meu senhor, não me reconhece?

LEAR   Sei que é apenas um espírito.
Quando foi que morreu?

CORDÉLIA   Ainda, ainda não recobrou a razão.

MÉDICO   Não está de todo acordado. Deixe-o
sozinho por um tempo.

LEAR   Onde estive? Onde estou?... Que dia mais belo...
Fui muito maltratado... Morreria de compaixão
se visse outro como eu... Não sei o que dizer...
Não sou capaz de jurar que essas são minhas
mãos... Vamos ver, senti essa picada. Ah, se
tivesse certeza de minha condição!

CORDÉLIA   Olhe para mim, meu senhor, e me abençoe
com suas mãos... Não, meu senhor,
não deve se ajoelhar.

Lear	Por favor, não caçoe de mim. Sou um velho muito tolo, com oitenta e tantos anos, nem uma hora a mais ou a menos. E, para falar a verdade, temo não estar em meu juízo perfeito. Acho que eu deveria saber quem é você, e você deveria saber quem é este homem, mas ainda continuo na dúvida, pois não faço ideia de que lugar é este e, por mais que me esforce, não me lembro destes trajes, nem sei onde dormi ontem à noite. Não ria de mim, pois, assim como sou um homem, acredito que esta dama é minha filha Cordélia.
Cordélia	E sou eu, sou eu mesma.
Lear	Suas lágrimas estão úmidas! Sim, estão. Por favor, não chore. Se me der veneno, vou bebê-lo. Eu sei que não me ama, pois suas irmãs, disso me lembro, maltrataram-me demais. Você tem motivo para isso, e elas não tinham.
Cordélia	Não tenho nenhum motivo, nenhum.
Lear	Estou na França?
Kent	Em seu próprio reino, meu senhor.
Lear	Não me enganem.
Médico	Pode se acalmar, minha senhora. A enorme ira que ele tinha já está morta, mas ainda há perigo em informá-lo de todo o tempo que ele perdeu. Faça com que ele queira entrar e, por

	enquanto, tente não agitá-lo mais até que esteja recuperado.
CORDÉLIA	Sua alteza gostaria de caminhar?
LEAR	Terá de ser paciente comigo. Mas, por favor, esqueça e me perdoe, sou um velho tolo.

[*Saem Lear, Cordélia, o médico e os criados.*]

CAVALHEIRO	É verdade, meu senhor, que o duque da Cornualha foi morto assim?
KENT	Com certeza, meu senhor.
CAVALHEIRO	Quem agora conduz seu povo?
KENT	Dizem que o filho bastardo do conde de Gloucester.
CAVALHEIRO	Ouvi dizer que Edgar, o filho que ele baniu, está com o conde de Kent na Alemanha.
KENT	As notícias mudam o tempo todo. É hora de vigiar, as tropas do reino estão se aproximando com rapidez.
CAVALHEIRO	O confronto promete ser sangrento. Adeus, meu senhor.

[*Sai.*]

KENT	Meu objetivo há de ser cumprido em breve, para o bem ou para o mal, já que a batalha de hoje já foi travada.

[*Sai.*]

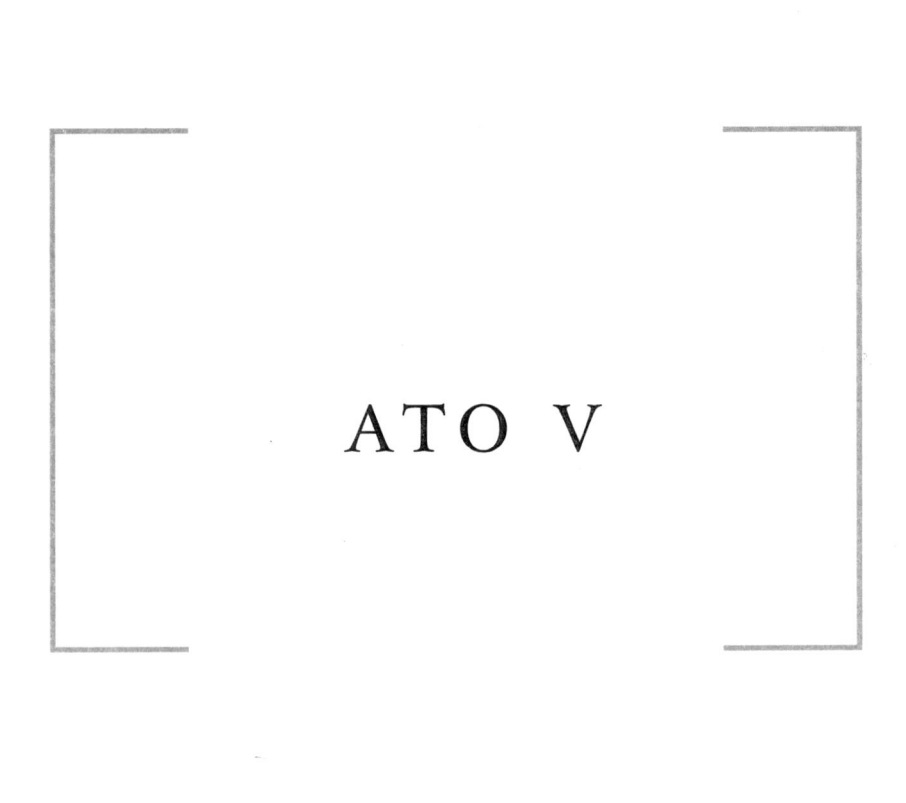

ATO V

CENA I.
ACAMPAMENTO DAS TROPAS BRITÂNICAS PRÓXIMO A DOVER.

[*Entram, com tambor e estandartes, Edmund, Regan, oficiais, soldados e outros.*]

EDMUND [*A um oficial.*] Veja se o duque está convicto de seu último propósito ou se, aconselhado por alguém, mudou de planos. Ele anda cheio de hesitações e admoestações... Traga sua derradeira intenção.

[*O oficial sai.*]

REGAN O mensageiro de minha irmã certamente se perdeu.

EDMUND É possível, minha senhora.

REGAN Agora, meu doce lorde, o senhor conhece a bondade que confio ter, diga-me — com toda a franqueza — o senhor ama minha irmã?

EDMUND Com o mais honrado amor.

REGAN Mas já encontrou o caminho do meu irmão rumo ao lugar proibido?

EDMUND Esse pensamento me desonra.

REGAN   Tenho dúvidas se o senhor chegou a se ligar a ela de maneira mais íntima e profunda, já que falamos dela.

EDMUND   Pela minha honra, minha senhora, não.

REGAN   E eu jamais toleraria. Meu querido senhor, não tenha intimidades com ela.

EDMUND   Não tenha medo... Ela e o duque, seu marido, estão chegando.

[*Entram, com tambor e estandartes, o duque de Albany, Goneril e soldados.*]

GONERIL   [*À parte.*] Eu prefiro perder a batalha a ver minha irmã desfazer o nó que existe entre mim e ele.

ALBANY   Nossa amada irmã, que bom encontrá-la... Senhor, ouvi que o rei se juntou à filha e com outros que o rigor de nosso Estado forçou a expulsão. Onde não pudesse ser honesto, tampouco fui valente, mas essa situação nos atinge, pois a França invade nossas terras e não porque lhe incitou o rei e os outros, que, temo eu, têm razões justas e sérias para nos confrontar.

EDMUND   Meu senhor, que nobre fala.

REGAN   Qual a causa disso tudo?

GONERIL   Temos que nos unir contra o inimigo. Pois essas brigas domésticas e particulares não estão em questão agora.

Albany	Então tratemos de combinar nossa estratégia com os veteranos de guerra.
Edmund	Eu me encontrarei em breve com o senhor em sua barraca.
Regan	Minha irmã, você vem conosco?
Goneril	Não.
Regan	Seria conveniente. Por favor, venha conosco.
Goneril	[*À parte.*] Já conheço a charada... Vou com vocês.

[*Quando estão a ponto de sair, entra Edgar, disfarçado.*]

Edgar	Se sua graça jamais ousou falar com um homem tão pobre, ouça só uma palavra minha.
Albany	Eu os alcanço... Diga!

[*Saem Edmund, Regan, Goneril, oficiais, soldados e outros.*]

Edgar	Antes de se lançar à batalha, abra esta carta. Caso saia vitorioso, que a trombeta soe por aquele que a trouxe. Por mais miserável que eu pareça, posso produzir um campeão que há de provar o que está escrito aí. Se falhar, seus negócios no mundo chegam a um fim e toda essa maquinação acaba. A fortuna o estima!
Albany	Espere até que eu tenha lido a carta.

| EDGAR | Fui proibido de fazê-lo. Quando for o momento, o arauto há de anunciar, e aparecerei uma vez mais. |

[*Sai. Edmund entra novamente.*]

ALBANY	Ora, adeus então. Darei uma olhada em sua carta.
EDMUND	Já avistamos o inimigo. Prepare suas tropas. Eis aqui uma estimativa de sua força e número, fruto de uma apuração diligente... Mas agora sua presteza é esperada.
ALBANY	Honremos a ocasião!

[*Sai.*]

| EDMUND | Jurei meu amor às duas irmãs, e cada uma desconfia da outra, como o mordido teme a cobra. Com qual delas devo ficar? Com ambas? Uma? Ou nenhuma delas? Se as duas sobreviverem, não poderei desfrutar de nenhuma. Se tomo a viúva, exaspero e enlouqueço sua irmã Goneril, e será difícil cumprir meus planos estando seu marido vivo. Então devemos usar sua autoridade na batalha e, uma vez terminada, que aquela que quer se livrar dele, que se apresse em despachá-lo. Quanto à misericórdia com que ele pretende agraciar Lear e Cordélia... Terminado o combate, e com eles em nosso poder, nunca hão de ver nosso perdão, pois minha posição depende de minha defesa, não de meu debate. |

[*Sai.*]

CENA II.
Campo aberto entre os dois acampamentos rivais.

[Alarido de guerra nos bastidores. Entram, com tambores e estandartes, Lear, Cordélia e suas tropas, saindo em seguida. Entram Edgar e o conde de Gloucester.]

EDGAR
Aqui, meu pai, tome a sombra desta árvore como boa hospitaleira. Reze para que o bem triunfe: se eu retornar, trar-lhe-ei conforto.

GLOUCESTER
Que a boa graça o acompanhe, meu senhor.

[Sai Edgar. Alarido de guerra e toque de recolher nos bastidores. Edgar entra novamente.]

EDGAR
Rápido, meu velho... Dê-me sua mão... Rápido!
O rei Lear perdeu, ele e a filha foram presos.
Dê-me sua mão, vamos!

GLOUCESTER
Não sairei daqui, meu senhor.
Um homem pode apodrecer aqui mesmo.

EDGAR
O quê? Mais uma vez com esses pensamentos malignos? Os homens devem sofrer com sua partida assim como fizeram em sua chegada. Maturidade é tudo... Vamos.

GLOUCESTER
Isso também é verdade.

[Saem.]

CENA III.
ACAMPAMENTO BRITÂNICO PRÓXIMO A DOVER.

[*Entra, em triunfo, com tambores e estandartes, Edmund, levando Lear e Cordélia como prisioneiros. Acompanham-nos oficiais, soldados etc.*]

EDMUND — Oficiais, levem-nos. Vigiem-nos bem até que saibamos quais são as principais intenções daqueles que irão julgá-los.

CORDÉLIA — Não somos os primeiros a cair no pior, mesmo com as melhores intenções. Estou aflita pelo senhor, rei oprimido. Por mim, poderia afrontar a fronte falsa da fortuna... Não vamos ver nossas irmãs e filhas?

LEAR — Não, não, não, não! Vamos logo para a prisão. Nós dois, sozinhos, havemos de cantar como pássaros na gaiola. Quando você me pedir sua bênção, eu me ajoelharei e pedirei seu perdão. É assim que vamos viver, rezar, cantar, contar velhas histórias, rir das borboletas douradas e ouvir notícias da corte relatadas por pobres diabos. E falaremos com eles também... Sobre quem ganhou, quem perdeu, quem está dentro, quem está fora... E refletir sobre o mistério das

coisas, como se fôssemos espiões de Deus.
E, dentro dos muros da prisão, vamos viver mais
do que as gangues e facções dos grandes que
avançam e recuam ao sabor da lua.

EDMUND Levem-nos daqui.

LEAR A esses sacrifícios, minha Cordélia, os deuses
lançam incenso. Será que a alcancei? Que
aquele que nos separa traga a marca do céu e nos
queime como se queima raposas. Seque os olhos.
Os bons anos vão devorar seu corpo e sua pele
antes que eles nos façam chorar. Nós os veremos
definhando antes disso. Venha.

[*Saem Lear e Cordélia, sob guarda.*]

EDMUND Venha até aqui, capitão, ouça bem. Pegue essa
nota [entrega-lhe um bilhete] e siga-os até
a prisão. Já estou um posto à sua frente, se
você cumprir com as obrigações que há aí,
seu caminho rumo a nobres fortunas estará
aberto. Pois saiba disto: os homens são fruto
do tempo, e um espírito pacífico não se torna
espada. Em sua grande missão, não há espaço
para questionamentos. Ou você diz que fará
como lhe mandarem ou terá que se promover
por outros meios.

CAPITÃO Eu o farei, meu senhor.

EDMUND Mãos à obra! E me mande uma nota feliz quando
estiver tudo terminado. Mas, atenção... Eu disse
agora. E faça tudo conforme eu descrevi.

Capitão	Não sou capaz de puxar uma carroça, nem pastar palha seca. Mas, sendo trabalho de um homem, estou pronto a fazê-lo.

[*Sai. Som de fanfarra. Entram o duque de Albany, Goneril, Regan, oficiais e soldados.*]

Albany	Meu senhor, hoje foi capaz de mostrar um valoroso esforço, e a fortuna o conduziu bem. Tem em mão os cativos, nossos inimigos no combate de hoje. Eu devo requisitá-los, para que sejam tratados de acordo com o que determinar, igualmente, tanto seus méritos como nossa segurança.
Edmund	Meu senhor, achei por bem mandar o velho e miserável rei a algum tipo de detenção, sob designada vigilância. Há certo charme em sua velhice, e muito mais em seu título, suficiente para incitar o coração do povo a tomar o partido dele e virar as espadas de nossas tropas para os olhos de quem as comanda. Pelas mesmas razões, mandei a rainha com ele e, amanhã ou depois, ambos estarão prontos para aparecer onde o senhor quiser instaurar sua sessão. Neste momento, contudo, estamos todos suando e sangrando. O amigo perdeu seu amigo, e o melhor dos combates, em meio ao arroubo, é amaldiçoado por aqueles que sentem o fio cortante... A questão de Cordélia e de seu pai requer um lugar mais adequado.

ALBANY	Meu senhor, tenha paciência, nesta guerra eu o considero um súdito, e não um irmão.
REGAN	Mas é assim que pretendemos agraciá-lo. Acredito que nossos planos deveriam ter sido consultados antes que tivesse falado tanto. Ele conduziu nossas tropas, carregou a comissão de minha posição e pessoa, portanto tem intimidade suficiente para ser chamado de seu irmão.
GONERIL	Não é para tanto. Ele, com sua própria graça, acaba se exaltando mais do que sua promoção lhe permite.
REGAN	Com os direitos que lhe investi, pode ser comparado aos melhores.
GONERIL	Seria o melhor de todos, se acabasse se casando com você.
REGAN	Muitas vezes, as piadas provam ser profecias.
GONERIL	Calma, calma! Quem lhe disse isso me parece premeditado.
REGAN	Minha senhora, não estou passando bem, senão lhe responderia com toda a bile de meu corpo... General, fique com meus soldados, meus prisioneiros, meu patrimônio. Disponha deles e de mim. Esses muros são seus. Que o mundo seja testemunha de que neste momento estou lhe nomeando meu amo e senhor.
GONERIL	Isso quer dizer que pretende usufruir dele?
ALBANY	Tal permissão não depende de sua boa vontade.

EDMUND	Nem da sua, meu senhor!
ALBANY	Depende sim, camarada bastardo.
REGAN	[*A Edmund.*] Faça soar os tambores e prove que meu título é seu!
ALBANY	Espere um instante e ouça a razão... Edmund, devo prendê-lo por alta traição e, em sua detenção, hei de incluir essa serpente dourada. [*Aponta para Goneril.*] Quanto à sua reivindicação, bela irmã, vou negá-la pelos interesses de minha esposa, que já se envolveu com este senhor. E eu, como seu marido, devo rejeitar seu anúncio matrimonial... Se quer se casar, direcione seu amor a mim... Minha esposa já está comprometida.
GONERIL	Um interlúdio!
ALBANY	Você está armado, Gloucester... Que soem as trombetas. Se ninguém aparecer para contestar suas hediondas, notórias e variadas traições, eis aqui minha promessa. [*Joga uma de suas luvas no chão.*] Provarei contra seu peito, antes mesmo de provar do pão, que você é exatamente aquilo que anteriormente proclamei.
REGAN	Estou doente, ah, muito doente!
GONERIL	[*À parte.*] Se não estivesse, deixaria de confiar nas drogas.
EDMUND	Eis minha resposta. [*Joga a luva no chão.*] Quem pensa que é para me chamar de traidor, uma vez que mente como um bandido. Toque sua trombeta. A quem ousar se aproximar, seja

	você, ele — quem mais? — vou manter minha verdade e minha honra com firmeza.
Albany	Ora, ora, um mensageiro!

[*Entra um mensageiro.*]

Edmund	Um mensageiro, ora, um mensageiro!
Albany	Confie somente em suas virtudes, pois seus soldados, todos recrutados em meu nome, em meu nome já foram dispensados.
Regan	Meu mal-estar está piorando.
Albany	Ela não está bem. Levem-na para minha barraca. [*Sai Regan, carregada.*] Aproxime-se, mensageiro... Soem as trombetas... E leia em voz alta sua mensagem.
Oficial	Soem as trombetas!

[*Soam as trombetas.*]

Mensageiro	[*Lendo.*] "Se qualquer homem de estirpe e posição dentro das fileiras do exército está disposto a confirmar que Edmund, suposto conde de Gloucester, é um traidor em várias frentes, que apareça ao terceiro toque das trombetas. Ele deve estar convencido de sua defesa."
Edmund	Soem!

[*Primeiro toque.*]

MENSAGEIRO	De novo!

[*Segundo toque.*]

De novo!

[*Terceiro toque. Trombeta responde dos bastidores. Entra Edgar, vestido com uma armadura.*]

ALBANY	Pergunte-lhe o que ele quer e por que apareceu ao último toque da trombeta.
MENSAGEIRO	Quem é você? Seu nome, sua posição? E por que respondeu ao último apelo?
EDGAR	Saibam que meu nome está perdido, roído pelos dentes e comido pelos cancros da traição. Ainda assim, sou tão nobre quanto o adversário que vim enfrentar.
ALBANY	E quem é esse tal adversário?
EDGAR	Quem diz ser Edmund, conde de Gloucester?
EDMUND	Eu mesmo, o próprio. O que tem a lhe dizer?
EDGAR	Saque sua espada, pois se minha fala ofende um coração nobre, seu braço pode lhe fazer justiça. Eis o meu. Olhe bem, pois ele detém o privilégio de minhas honrarias, meu juramento e meus votos. Eu proclamo — a despeito de sua força, juventude, posição e eminência, de suas vitórias pela espada e seus lampejos de fortuna, valor e bravura — que você não passa de um traidor! Você enganou seus deuses, seu

irmão e seu pai. Conspirou contra seu altivo e ilustre príncipe e, do ponto mais alto de sua cabeça à poeira embaixo de seus pés, você é o maior e mais peçonhento dos traidores. Diga "não" e esta espada, este braço e meus mais proeminentes espíritos estão a postos para provar à sua essência — que é a quem me dirijo — que está mentindo.

EDMUND   O mais sábio seria perguntar seu nome. Mas como aparenta ser tão belo e marcial, e como sua fala exala certa estirpe, o que poderia muito bem adiar com segurança e escrúpulos — pelas leis da cavalaria — hei de desdenhar e rechaçar. Com o ódio dos infernos que perpassa seu coração, devolvo à sua fronte essas supostas traições. Como elas ainda estão à espreita e raramente me ferem, esta minha espada dará cabo delas em instantes, e hão de repousar eternamente... Trombetas, falem!

[*Toques de alerta. Eles lutam. Edmund cai.*]

ALBANY   Poupe-o, poupe-o!

GONERIL   Isso foi um truque, Gloucester. As leis da guerra não o obrigam a revidar a um adversário desconhecido. Você não foi vencido, e sim enganado, ludibriado.

ALBANY   Cale a boca, minha senhora, ou vou calá-la com esse papel...

[*A Edmund.*]

Espere um pouco, meu senhor. É mais vil do que todos os nomes, então leia suas próprias maldições...

[*A Goneril.*]

Não há de rasgar nada, minha senhora, pois notei que já sabe de tudo.

GONERIL Digamos que eu saiba... As leis são minhas, e não suas. Quem pode me indiciar?

ALBANY Monstro! Você já conhece esse bilhete?

GONERIL Não me pergunte o que sei...

[*Sai.*]

ALBANY [*A um oficial.*] Vá atrás dela. Está desesperada. Controle-a.

[*O oficial sai.*]

EDMUND Fiz tudo de que está me acusando. E mais, muito mais. O tempo há de pôr tudo às claras. E tudo é passado, e eu também... Mas quem é você, que me roubou a fortuna? Se é nobre, hei de perdoá-lo.

EDGAR Vamos compartilhar a caridade. Não sou menos em termos de sangue em relação a você, Edmund. Se fosse maior, maior seria sua ofensa. Meu nome é Edgar, filho de seu pai. Os deuses são justos, e fazem de nossos prazerosos vícios instrumentos para nos castigar. A vala sombria e depravada onde ele o gerou lhe custou os próprios olhos.

EDMUND Disse bem, nada mais do que a verdade. A roda completou seu círculo. E eis-me aqui.

ALBANY Percebi que seu próprio porte exibia uma nobreza real... Devo abraçá-lo. Que a mágoa divida meu coração se algum dia tive sentimentos de ódio por você ou seu pai!

EDGAR Honrado príncipe, eu sei.

ALBANY Onde se escondeu? Como ficou sabendo das misérias de seu pai?

EDGAR Fui eu quem cuidei delas, meu senhor...
Ouça um breve conto... E, quando o
terminar, ah, que meu peito estoure!...
A sangrenta proclamação que me fez
escapar e me seguiu tão de perto... Ah,
a doçura da vida — que nos faz morrer
a cada instante em vez de nos lançar
de uma só vez às garras da morte —
ensinou-me a trocar meus trajes com os
de um louco e assumir sua aparência,
desprezada até mesmo pelos cães. Foi
nesses trapos que encontrei meu pai com
as órbitas sangrando, as preciosas gemas
já perdidas. Conduzi-o, esmolei por ele,
salvei-o do desespero. Mas nunca — ah,
que culpa! — nunca mostrei quem era,
até meia hora atrás, quando já estava com
minha armadura. Inseguro, mas confiante
em meu êxito, pedi-lhe a bênção,

relatando-lhe minha peregrinação do início ao fim, contudo seu enfraquecido coração — ai de mim, fraco demais para aguentar tamanho conflito — explodiu sorrindo entre os extremos da paixão, do júbilo e da dor.

EDMUND Seu relato me comoveu e, talvez, seja capaz de causar algum bem. Mas continue a falar, parece ter algo mais a dizer.

ALBANY Se há mais, e ainda mais tenebroso, não diga nada. Pois estou prestes a me desmanchar em lágrimas ouvindo tudo isso.

EDGAR Isso teria soado como um ponto final para aqueles que não gostam da dor, mas aumentá-la ainda mais a levaria a seu extremo. Enquanto ainda berrava de comoção, apareceu-me um homem que, vendo-me naquele terrível estado, evitou minha abominável companhia. Mas, então, ao ver quem era o sofredor, agarrou-se ao meu pescoço e se lançou contra meu pai soltando um urro de estremecer os céus. Contou então a mais triste história que jamais se ouviu, e que acontecera com ele e o rei Lear. E, ao recontá-la, sua dor se apoderou, e as cordas que lhe sustentavam a vida começaram a se romper. Então, por duas vezes soaram as trombetas, e o deixei ali, em transe.

ALBANY Mas quem era ele?

Edgar	O conde de Kent, meu senhor, o banido conde. Disfarçado, ele seguiu o rei que o banira, prestando-lhe serviços indignos de um escravo.

[*Entra apressado um cavalheiro, com uma faca banhada em sangue.*]

Cavalheiro	Socorro, socorro! Socorro!
Edgar	Que espécie de socorro?
Albany	Diga, homem!
Edgar	O que significa essa faca ensanguentada?
Cavalheiro	Ainda está quente, fumegando! Acaba de sair do coração de... Ah, ela está morta!
Albany	Quem está morta? Fale, homem.
Cavalheiro	Sua esposa, meu senhor, sua esposa. E também sua irmã, por ela envenenada. Ela confessou tudo.
Edmund	Eu tinha compromisso com ambas. Agora, em um só instante, os três estarão unidos.
Edgar	Aí vem o conde de Kent!
Albany	Tragam o corpo delas, estejam vivas ou mortas... Esse julgamento dos céus, que nos faz estremecer, não nos inspira compaixão.

[*Saem os cavalheiros.
Entra o conde de Kent.*]

Ah, então este é ele? O tempo não nos permitirá os cumprimentos que a cortesia demanda.

KENT — Vim dar ao meu rei e senhor os desejos de eterna boa-noite. Ele não está?

ALBANY — Ah, esquecemos de algo tão grande! Diga, Edmund, onde está o rei? E onde está Cordélia?

[*O corpo de Goneril e de Regan é trazido ao palco.*]

Está vendo este espetáculo, conde de Kent?

KENT — Ai de nós... Por que tudo isso?

EDMUND — Apesar de tudo, Edmund era amado. Uma envenenou a outra por mim, e depois se matou.

ALBANY — Apesar de tudo... Cubram o rosto delas!

EDMUND — Estou ofegando pela vida... Mas pretendo fazer algo de bom, apesar de minha própria natureza. Enviem sem tardar... sejam breves... alguém ao castelo. Pois minha ordem escrita paira sobre a vida de Lear e Cordélia... Não, ainda há tempo.

ALBANY — Corram, corram! Ah, corram!

EDGAR — Atrás de quem, meu senhor?... Quem tem a autoridade? Envie seu sinal de indulto.

EDMUND — Bem pensado. Levem minha espada. Entreguem-na ao capitão.

ALBANY — Corra por sua vida!

[*Sai Edgar.*]

EDMUND	Há ordens minhas e de sua esposa para enforcar Cordélia na prisão e acusar o próprio desespero de tê-la levado ao suicídio.
ALBANY	Que os deuses a protejam!... Levem-no daqui por enquanto.

[*Edmund é levado. Entra Lear, com Cordélia nos braços, seguido por Edgar, o oficial e outros.*]

LEAR	Uivem, uivem, uivem, uivem!... Ah, homens de pedra. Se eu tivesse a língua e os olhos de vocês, teria os usado para despedaçar a abóbada do firmamento... Ela partiu para sempre!... Sei dizer quando alguém está morto e quando alguém vive. Ela está morta como a terra... Tragam-me um espelho. Se sua respiração embaçar ou manchar o vidro, ora, então ela vive.
KENT	É esse o final prometido?
EDGAR	Ou a imagem daquele horror?
ALBANY	Que caia e cesse!
LEAR	Esta pena está se mexendo, ela vive! Se assim é, trata-se de um acaso que redime todas as mágoas que jamais vivi.
KENT	Ah, meu bom senhor! [*Ajoelha-se.*]
LEAR	Por favor, afaste-se!
EDGAR	É o nobre Kent, seu amigo.
LEAR	Que uma praga recaia sobre vocês, assassinos, traidores! Eu poderia tê-la salvado. Agora, ela

se foi para sempre... Cordélia, Cordélia! Fique mais um pouco. Hein? O que disse?... Sua voz sempre foi tão suave, tão gentil, tão fraca — algo admirável em uma mulher... Eu matei o escravo que a estava enforcando.

CAVALHEIRO É verdade, meus senhores, é verdade.

LEAR Não é, meu camarada? Já houve dias em que, com minha espada afiada, eu teria feito todos saltarem. Estou velho, agora, e as aflições me arruínam... Quem é você? Meus olhos já foram melhores... Vou lhe dizer agora mesmo.

KENT Se a fortuna se vangloria de ter amado e odiado dois seres, eis aqui um deles.

LEAR Que visão mais melancólica. Você não é o conde de Kent?

KENT Ele mesmo, seu criado, conde de Kent. Onde está Caio, seu serviçal?

LEAR Ele era um bom camarada, pode-se dizer isso... Capaz de atacar com presteza... Já está morto e apodrecendo.

KENT Não, meu bom senhor. Caio sou eu...

LEAR Isso, vou ter que averiguar.

KENT ...e, desde o início de nossas diferenças e declínio, segui seus tristes passos...

LEAR Seja bem-vindo até aqui.

KENT Não se trata de outra pessoa... Tudo está entristecido, sombrio e lúgubre... Suas filhas

	mais velhas se mataram mutuamente, e morreram no desespero.
LEAR	Sim, penso que sim.
ALBANY	Ele não sabe o que diz, e é inútil nos apresentar a ele.
EDGAR	Sim, completamente inútil.

[*Entra um oficial.*]

OFICIAL	Edmund está morto, meu senhor.
ALBANY	Isso não é nada para nós... Lordes e nobres amigos, saibam de nossos planos. Qualquer consolo que houver para essa grande degradação deve ser levado em conta. Quanto a nós, vamos abdicar durante nossa vida em favor desta antiga majestade, entregando-lhe nosso poder absoluto.

[*A Edgar e ao conde de Kent.*]

Que lhes sejam entregues seus direitos, com as recompensas e honras mais do que merecidas... Todos os amigos devem ser agraciados com os louvores de sua virtude, e aos inimigos, que reste o cálice de seus deméritos... Ó, vejam, vejam!

LEAR	E meu pobre bobo foi enforcado! Não, não, sem vida! Por que um cão, um cavalo e um rato têm vida e você não respira mais? Você não há de voltar, nunca mais, nunca, nunca, nunca, nunca, nunca!... Por favor, ajudem-me com esse botão... Obrigado, meu senhor... Está vendo isto? Olhem

para ela!... Olhem!... Seus lábios!... Olhem
ali, olhem ali!

[*Ele morre.*]

EDGAR — Ele desmaiou!... Meu senhor, meu senhor!

KENT — Reaja, coração. Por favor, reaja!

EDGAR — Abra os olhos, meu senhor!

KENT — Não perturbe seu espírito... Ah, deixem-no ir!
Ele odiaria quem o fizesse prolongar sua tortura
sobre este mundo tão perverso.

EDGAR — Ele está mesmo morto.

KENT — O espantoso é ele ter suportado tanto por tanto
tempo. Ele apenas usurpou a própria vida.

ALBANY — Levem-no daqui... Nossa causa mais
recente é o luto generalizado.

[*Ao conde de Kent e Edgar.*]

Amigos da minha alma, vocês dois hão de
governar este reino e manter o Estado vencido.

KENT — Tenho uma longa jornada pela frente,
meu senhor. Meu mestre me chama... Não
devo dizer não.

ALBANY — Devemos obedecer ao peso destes tristes
tempos, dizer o que sentimos, e não o que
achamos por bem dizer. Para os mais velhos foi
muito duro e nós, os jovens, nunca mais veremos
tanta coisa, nem viveremos tanto.

[*Saem em marcha fúnebre.*]

Impressão e Acabamento
Gráfica Oceano